Einaudi. Stile

Pubblicato in accordo con Pietrosanti Agenzia letteraria

www.einaudi.it

ISBN 978-88-06-26242-6

Eterobasiche
Romanzo di un maschio

Einaudi

Romanzo di un maschio

a Ludovico

Un po' di possibile, sennò soffoco.

GILLES DELEUZE, *L'immagine-tempo*

Oggi si scrive la storia, la mia storia. «Il giorno del trionfo»: è cosí che voglio ricordarlo. Sono stati anni duri, lungo percorsi impervi, ma tutto è possibile per colui che combatte. Avevo solo undici anni quando sognavo di diventare un nuovo nome nella classifica «Forbes», uno come Jeff Bezos, ma con piú stile e piú capelli dell'originale.

Oggi metto finalmente il tassello decisivo: la fine di un'èra, l'inizio di un'altra.

Dalla folla un coro si alza a gran voce: – Dottore, dottore, dottore der bucio der cu', vaffancu', vaffancu'!

Il locale è affollato, davanti a me un mare di camicie bianche con i colletti sbottonati ondeggiano al ritmo di una musica commerciale. Nelle casse risuona *Acqua azzurra, acqua chiara* di Lucio Battisti remixata con *El Perdón* di Nicky Jam ed Enrique Iglesias: sta proprio bene come sottofondo al mio discorso di laurea. Jacopino, su un divanetto, ci sta provando con mia cugina. La guarda negli occhi e si assicura scrupolosamente che beva tutto il bicchiere di spumante che ha in mano, come fosse la condizione necessaria al compimento dell'impresa (che, conoscendo il suo copione, prevede: sfiorata di mano finto-casuale, lingua in bocca poderosa, romantica pacca sul culo, amplesso di dubbio gusto nella sua nuova Fiat Cinquecento Abarth, ed eventuale ghosting nei giorni a seguire). Ancora non sa che mia cugina è fidanzata da quattro anni con il personal trainer della palestra Fitness Muscle Man di Monti Tiburtini, il quale, osservandoli da lontano ormai da oltre cinque minuti nei suoi jeans aderenti, tra poco andrà lí a minacciarlo di spezzargli le gambe. Seguirà una piccola colluttazione senza feriti, ma con tanti insulti nei confronti delle rispettive madri.

– Poi ringrazio il gruppo, i miei fratelli. Sono stati anni duri, una prigione. Ma finalmente sono libero. Ce l'ho fatta, – vado avanti con il mio discorso.

Gli anni duri, per la precisione, sono stati ben otto. Non è facile concentrarsi sullo studio quando la vita ti pone davanti a sfide continue: il calcetto del mercoledí al campo sportivo di Casal de' Pazzi, l'asta di riparazione del Fantacalcio durante la quale sono riuscito a rivendere quella pippa di Pellegrini a un buon prezzo di mercato, portare Bianca a cena al sushi vegano ogni venerdí sera, prenotare il tavolo ai *Giardini sensoriali dell'Eden* col gruppo. Ma ora indosso una corona d'alloro storta sulla testa, a cingere il capo di un imperatore di ritorno dalla campagna piú dura della sua vita: la laurea in Economia.

– Bianca dove sta? A Bia'! Vie' qua. Questa è la festa pure tua, senza di te non mi sarei mai laureato!

Bianca mi raggiunge stretta nel tubino nero che le ho regalato per il compleanno. L'ha trovato mia madre in un centro commerciale vicino a casa e, devo dire, è stato un'ottima scelta. Frangia lunga e stivaletti di pelle. La schiena scoperta, poi, mette in mostra con orgoglio il tatuaggio di quattro farfalle che si rincorrono. «Rappresentano me e le mie amiche che ci slanciamo verso il nostro futuro insieme», m'ha detto quando l'ha fatto, al liceo. A me pareva una cazzata già allora, ma non gliel'ho mai confessato. Del resto le cazzate costituiscono il novanta per cento della mia personalità. A Bianca ne dico parecchie, tutte a fin di bene, sia chiaro. L'amore va protetto, custodito e coccolato. Omettere dei piccoli particolari è uno dei pochi strumenti efficaci di cui disponiamo se vogliamo avere una lunga vita di coppia.

– Questa donna c'ha avuto il coraggio di restare con me nonostante tutto. Lo sa solo lei quanto m'ha fatto studia'... Ti ricordi Diritto pubblico, amo'? M'hai trovato pure i riassunti! – La stringo col braccio.

– Sei un coglione! – ride ubriaca.

Non capisco se è davvero divertita o sta solo fingendo di stare bene con me di fronte agli altri. Scende e raggiunge le amiche, che poi sarebbero le fidanzate dei miei amici. Il gruppo, infatti, si compone solo di coppie. È importante essere fidanzati per sopravvivere nella nostra società, per questo non mi infastidisce troppo l'idea che la nostra relazione si basi su piccole, quotidiane ipocrisie, utili a mantenere l'equilibrio intatto.

– Quest'estate si vola a Mykonos! Sarà una vacanza pazzesca! Noi facciamo sempre le cose in grande: megavilla già in via di contrattazione, giusto, Paole'?

Nel sentire la parola «Mykonos» parte una risata di gruppo. Sono otto anni che ci andiamo, interrotti solo dalla vacanza a Pag nel 2016 e da quella a Ibiza nel 2018. È il luogo delle nostre perdizioni. Un paradiso a forma di isola. Non c'è una serata tra amici nella quale non ricordiamo quella volta che Paoletto ha sbrattato sulle scarpe di una spagnola mentre andavano ad appartarsi furtivamente. Come una manna dal cielo, la vomitata gli aveva impedito di tradire la pischella e questo, negli anni a venire, sarebbe stato uno dei suoi piú grandi successi in campo amoroso. «I sensi di colpa m'avrebbero ucciso», ripete ancora oggi, e noi facciamo finta di non aver assistito a tutte le paccate fatte in discoteca da ubriaco negli ultimi quattro anni.

Comunque poi la storia era finita che la spagnola, incazzata nera, se n'era andata lasciandolo da solo sul ciglio del marciapiede a urlare cose tipo «zoccola di merda» e «giusto le spagnole sapete fa'». Paoletto, il solito permaloso.

– Un pensiero va pure a mia madre. Sarà contenta che da domani per me iniziano le ferie, finalmente. Se la mattina mi sveglia, mo so' cazzi sua.

Sul locale da scegliere per la festa di laurea non ho avuto dubbi. Il *Papyrus* è un'istituzione: musica giusta, veranda con le lucine, ragazze di classe, e soprattutto libertà di fumare l'Iqos all'interno senza rotture di coglioni. E poi, pensandoci, chi altro ti offre un gin tonic col Gordon's a venti euro? Sembra un'inculata, ma banalmente lo fanno per una questione di target: con questi prezzi si esclude in automatico una fetta di clientela piú che sufficiente a garantire la buona reputazione del posto che, altrimenti, verrebbe preso d'assalto da bori, zecche e minorenni: non ho voglia di fare la fila per il bagno in compagnia di gente col doppio taglio, io, e venti euro di cocktail me li accollo volentieri se serve a proteggermi da tute della Philipp Plein e marsupi griffati.

Qui la selezione all'ingresso è d'obbligo, e infatti siamo vestiti tutti uguali: camicia della Ralph Lauren (la mia l'ho comprata in un negozio vintage a trenta euro, ma questo non lo dico a nessuno) e ciuffo sulla fronte (la legge del ciuffo è pure una mezza salvata per chi, come Sandrino, comincia a perdere i capelli).

Avevo detto a mia sorella, Silvia, di acchittarsi decentemente, almeno per stasera, e invece s'è dovuta vestire di nuovo da lesbica: c'ha un cardigan maxi sopra una t-shirt di quella musica cinese K-Pop che si ascolta lei, un paio di pantaloni presi a Porta Portese e le Dr. Martens. Le voglio bene, ma in quanto a stile è davvero tremenda. Sta qua solo perché Paoletto ha supplicato il buttafuori, sennò col cazzo che ti fanno entrare al *Papyrus* vestita cosí. S'è portata pure Simona, un'amica (brutta forte: capelli crespi, acne, culo moscio e – secondo me – peli sotto le ascelle) che dice di essere a capo di un collettivo femminista alla Sapienza. Io non lo so che significa (sicuro una cosa che si sono inventate per studiare di meno, e per questo le rispetto), so solo che una volta a cena a casa ha raccontato a Bianca di alcune tipe che seguivo su Instagram e «di quanto tutto questo sia oggettivante per il corpo femminile». Quindi, per quanto mi riguarda, è un'infame.

– Oh, rega', 'sta bottiglia è pe' mi' sorella, la mia ancora in mezzo a questo mare de guai! Magari almeno pe' stasera la smette de avecce l'ansia e se diverte!

In realtà lei e l'amica non sembrano affatto divertite, ma sono troppo ubriaco per preoccuparmene. Paoletto, oltre ad avere un'ottima posizione da agente immobiliare, lavora qua da anni come Pr, perciò è riuscito a farci dare il tavolo migliore, quello vicino alla consolle, sulla destra. Vogliamo stare sempre a destra, noi. È una questione di scaramanzia, perché la sinistra porta iella. Infatti pure Gesú stava alla destra di Dio, mi pare. Inoltre, questa postazione è l'unica che ci offre una visuale completa sulla pista, consentendoci di spizzare le pischelle senza dare troppo nell'occhio. Per questo è il tavolo piú ambito del locale, e chi lo ottiene viene guardato con rispetto e un pizzico d'invidia.

– Un brindisi a quella cosa che finisce per «no»: la fregna, no? – concludo mentre alzo il bicchiere. La festa può proseguire. Già rido al pensiero di mio padre che controlla l'estratto conto. M'ha dato la sua carta per pagare, stasera. «Non piú di duecentocinquanta euro», ha detto lui. «Che coglione», ho pensato io. In effetti la policy interna riguardo alle consumazioni è un po' rigida: «Duecento euro a bottiglia, se fai una festa», anche se sul menu la stessa bottiglia costa quaranta. Però ci sta, la qualità si paga. E io stasera la pagherò almeno tre volte le quotazioni di mio padre, secondo i pronostici.

Un'altra chicca di questo locale è che le bottiglie al tavolo te le portano le ragazze piú belle del mondo. O, almeno, di Roma Nord. Con una, Alessia, c'ho fatto pure match su Tinder. L'avevo scaricato di nascosto durante il lockdown, convinto che Bianca non se ne sarebbe mai accorta. Invece un'amica sua le ha inviato tutti gli screenshot del mio profilo e Bianca, senza dirmi nulla, una notte mi ha cancellato l'account dopo avermi rubato il telefono.

Morale della favola: la mia esperienza su Tinder è durata il tempo di essere sgamato. Comunque la bio di Alessia era: «Solare, empatica, diretta, amante della natura, dei viaggi e degli animali!» Emoji del sole, emoji del cane, emoji della valigia. «Il resto è da scoprire!» Ci eravamo scambiati qualche messaggio, ma a una certa lei non m'aveva piú risposto.

Le ragazze immagine fanno avanti e indietro con le *glacette* e le candele pirotecniche, interrotte solo dal proprietario del locale che ogni tanto le reclama per qualche foto con i clienti abituali. Quei lardosi se ne stanno lí con le loro pance gonfie e gli orologi costosi, mentre con nonchalance provano a far scivolare la mano sul culo delle tipe. Da grande non vorrei mai essere cosí. I pensieri di Alessia li leggo da qui: «Come arrivare a fine turno senza trovarmi di nuovo incastrata fino alle sette di mattina all'after party di qualche vecchio maniaco?» Piú che logico. Oh, mamma mia, quant'è fregna. Mi sa che ci vado a provare.

Abbiamo ordinato tre bottiglie di Absolut Vodka e quando le vediamo ondeggiare verso di noi sulla testa di una roscia niente male cominciamo a spintonarci emozionati.

La ragazza mi pare si chiami Ludovica e, nonostante sia quella meno figa tra tutte (ha un po' la scucchia), c'ha un culo che parla. Ci vede qua ogni settimana, eppure finge sempre di non conoscerci, forse anche questa è una policy interna.

– Ahó, certo che un sorriso ce lo puoi pure fa', eh! – Jacopino quando è ubriaco biascica. Noi sbottiamo a ridere con la tipica foga degli spavaldi, che perculano per non essere perculati. Ora, dopo essersi beccato un paio di occhiate minacciose dal fidanzato di mia cugina, tutta la sua attenzione è rivolta a Ludovica, la sua nuova preda. Forse il mio amico vuole far rosicare Sofia, nostra ex compagna del liceo nonché sua fidanzata storica. Tra i due c'è sempre stato un tira e molla burrascoso e credo che ora siano in un periodo di stop, a giudicare dalla determinazione nel rimorchio che ha lui stasera. La cameriera si finge divertita alle battute di Jacopino, accenna un sorriso e torna a sistemare le bottiglie.

– Ahó, te sei sprecata! – aggiunge ancora lui.

– Perdonalo, s'è bevuto pure l'acqua del cesso, – intervengo. Sono sempre stato bravo a mediare tra le parti, forse avrei dovuto studiare Giurisprudenza. – Oggi mi sono laureato. Economia. Sai, roba di soldi, investimenti, finanze.

Non mi guarda neanche.

– Che ti posso offrire? – Di sicuro è amica di Alessia, nel dubbio devo essere gentile. – Ti va uno shot? – insisto.

Alla parola shot le si illuminano gli occhi. Classico. Prima che ci ripensi, verso rapido la vodka nei bicchierini. In due minuti arrivano a battere cassa tutti i miei invitati, con il loro bicchiere. Come volevasi dimostrare c'è anche Alessia, chiamata dall'amica con un cenno della mano. È proprio vero: tira piú uno shot di vodka che un carro di buoi. Le due tipe, strette nei loro body fluo coordinati, si abbracciano ridendo, sentendosi le regine della serata. A lato del tavolo ci sono le fidanzate dei miei amici che le guardano male. Questa scena si ripropone ogni volta che facciamo serata. Le ragazze stanno tutto il tempo a confabulare contro quelle che incontriamo: «Non vorrei mai essere cosí», «Sono proprio delle gatte morte», «Forse je prude la fica». In realtà, penso che se rosicano tanto è solo perché vorrebbero essere un po' piú come loro. L'unica che si mostra indifferente alle bassezze della competitività femminile (parlando con le cameriere di buon grado e includendole nelle bevute) è Martina, laziale fracica e mia compagna di banco dal primo liceo, nonché mia migliore amica.

Alessia e Ludovica si versano un terzo shot, noi applaudiamo. Le due furbone si scambiano sguardi d'intesa che credono impossibili da decifrare. Io invece li capisco benissimo: «'Sti deficienti ci fanno bere gratis e noi non gliela daremo mai». Vorrei tanto comunicare a queste due che se stasera bevono è soltanto perché l'abbiamo deciso noi, e che mi pare proprio un destino triste quello di dover dipendere dall'alcol di qualcun altro. Ma non dico nulla, le vedo belle imbenzinate, e se continuiamo a lavorarcele come stiamo facendo potrebbero pure regalarci un limone lesbo.

– Tutto su, tutto giú, tutto al centro, tutto dentro! – Brindiamo ancora.

La vodka inizia a farsi sentire. Mi guardo intorno, che bella visuale: tutti riuniti per la mia gloria. Facce felici, bicchieri pieni, i migliori anni della nostra vita. Gli amici dell'università, quelli del calcetto, gli amici di sempre. Ci siamo tutti. Proprio tutti. Tranne…

– A rega', 'ndo cazzo sta Bianca?

Controllo in giro: non la vedo. Le opzioni sono due: o sta al bagno a sbrattare oppure stasera devo litigare con qualcuno. Il primo scenario mi sembra poco plausibile, non solo perché Bianca regge l'alcol tipo uno scaricatore di porto, ma anche perché le sue amiche sono tutte al tavolo. Il secondo scenario è piú realistico, infatti mi allarma, ma non mi sorprende. Basta un vestito scollato che Bianca ti diventa una qualsiasi nipote di Mubarak.

Continuo a guardarmi intorno mentre Jacopino tenta di versarmi in bocca un altro shot (a questo punto della serata sarà il dodicesimo) e la scorgo al bar. Ha un gomito appoggiato al bancone, con una mano si regge il mento e con l'altra si sistema di continuo i capelli dietro l'orecchio. Sta ascoltando con un'aria da gatta morta un ragazzo che le parla. Un tizio con uno spezzato blu e un taglio di capelli da terrone. La vodka non mi aiuta a metterlo bene a fuoco, ma mi sembra di riconoscerlo: è un suo collega dei tempi della triennale alla Lumsa. «Ti devo troppo presentare Cosimo, è un tipo super intelligente!» mi aveva detto una volta mentre la accompagnavo a un corso. Ora che lo guardo bene mi sembra tutto tranne che uno sveglione. Parlano molto vicini, e Bianca pare su di giri. Addirittura gli si avvicina e beve sfrontata dalla cannuccia di lui. Okay, mi vuole umiliare, adesso è palese. La situazione è gravissima, peggio del previsto. Mi vuole far fare una figura di merda davanti ai miei amici. Tipico di Bianca. Ricordo ancora quanti anni di revisionismo mi ci sono voluti per mettere a tacere la famosa storia delle mutandine perse. In ogni caso, la vendetta è un piatto che va gustato freddo, e per ora mi limito a tenerla d'occhio, riservandomi la possibilità di intervenire. E poi anch'io ho una situazione aperta, sebbene ora Alessia stia parlando con Paoletto. Lui le offre (senza alcun rispetto nei miei confronti) la vodka che mio padre sta pagando. Ormai stanco, stordito e ferito, sento Jacopino ripartire all'assalto con Ludovica.

– Roscia de capelli... – Devo ammettere che stasera sta dedicando tutto sé stesso alla missione trova-una-pischella.

– ... vogliosa de piselli!

Solo che Ludovica non è una paesana ingenua come mia cugina e si mostra abbastanza infastidita mentre fuma una Terea. Jacopino non accenna a smettere.

– Ma senti un po'...

Ho paura.

– Ma tu...

Ho già capito.

– I peli lí sotto...

Lo sapevo.

Lei lo fulmina con uno sguardo, lui ammutolisce. Sono sollevato. La conversazione potrebbe finire qui, ma Ludovica sferra il colpo: – Assurdo, eh! Siamo nel 2023 e ancora non vi abbiamo fatto castrare tutti.

Intervengo, prima che il discorso degeneri. – Guarda che Jacopino fa cosí perché s'è innamorato, – le faccio l'occhiolino. – Non gli spezzare il cuore, lo vedi come sta rovinato?

Lei mi ignora e si gira per andarsene, portandosi via i bicchieri vuoti e Alessia sottobraccio.

– Zoccola! – le urla dietro Jacopino e io, nonostante tutto, sono contento di averlo come amico, perché almeno lui stasera non mi sta remando contro.

– Oh, stanno per portare la torta. Chiama tutti! Dove sta Bianca?

Una voce che sembra provenire da un'altra dimensione mi restituisce alla realtà. È mia sorella. Al bar, la mia ragazza e il tipo coi capelli da terrone non ci sono piú; al loro posto, solo due bicchieri vuoti. Un brivido di paura mi attraversa dalla testa ai piedi. Sono disorientato. Mi guardo rapido intorno, ma di Bianca nessuna traccia.

– La vado a chiamare io, – dico, fingendo di sapere dove sia.

E se si fosse sentita male? Sicuro quel pugliese di merda le avrà messo qualcosa nel bicchiere. Mi precipito nel bagno delle donne e busso a tutte le porte chiuse.

– Bia', sei lí? Stiamo per fare la torta.

Nessuna risposta. La sua sparizione continua a preoccuparmi. Sarà fuori a fumare. Ci sta pure uno sulla sedia a rotelle a intralciare l'ingresso del bagno dei disabili. Mentre provo a schivarlo mi chiede se non si sia bloccata la porta.

– Mi dispiace, vado di fretta.

Insiste. È un po' che aspetta, poveraccio.

Busso.

Un vociare indistinto, la tavoletta che sbatte, l'acqua che scorre. Risate.

– I soliti irrispettosi, – mi fa lui polemico.

Busso di nuovo.

– Occupato, – ridacchia qualcuno. Vorrei andarmene, ma negare l'aiuto a un disabile è troppo anche per me, e io all'inferno non ci voglio andare.

– Dài, rega', aprite, c'è un ragazzo che deve usare il bagno.

– E 'sticazzi, – rispondono dall'interno.

Il ragazzo in sedia a rotelle sta lí, sconsolato, e questo incontro casuale mi fa riflettere su quanto possa essere meschina la vita con i piú deboli. Su quanto siano importanti i piccoli gesti di solidarietà in un mondo cattivo come il nostro. A quanto pare l'educazione non va piú di moda. Io però posso passare su tutto, tranne che sulla maleducazione. Quella no.

Cosí, nonostante le numerose bottiglie di vodka che mi appesantiscono la mente, decido di agire.

– Come ti chiami?

– Giacomo.

– Tranquillo, Giacomo, ora ci penso io. Fai un passo indietro.

Forse non avrei dovuto dire «passo» proprio a lui. In ogni caso prendo la rincorsa e do una spallata alla porta che, con mia grande sorpresa, si apre di botto.

Il bagno è un lerciume, due ragazzi che potrebbero avere un'età indistinta tra i venti e i cinquant'anni – i connotati sconvolti da quelli che di sicuro sono numerosi anni di degrado e dipendenze – mi guardano muti; uno dei due fuma beato, ciccando per terra. China sul lavabo, una ragazza con i capelli raccolti tira su col naso frettolosamente. Poi spinge il dito contro la narice.

– Ma che ca...

Non fa in tempo a finire la frase che si gira e mi mette a fuoco.

– A Bia', che cazzo stai facendo?

La famiglia

Essere poveri è uno status mentale

Che la mia fosse una famiglia particolare l'ho sempre saputo, ma che sarei arrivato a rinnegarla, questo mai.

Abitiamo in un condominio anonimo, un posto per vecchi che si lamentano del traffico, del rumore, delle scie chimiche, della pioggia, del vento, del sole e del cantiere, «quello che sta danneggiando in maniera irreparabile le tubature del palazzo». Il portiere prima c'era, ora non piú: la bolletta condominiale non la pagava quasi nessuno. A Natale gli inquilini piú attivi allestiscono nell'androne un albero di una miseria unica, con palle glitterate e festoni del 1990. Intrecciano una lunga ghirlanda bianca scintillante al corrimano del pianoterra e ripetono la pratica ogni anno.

I miei sono tutt'oggi convinti di aver fatto un ottimo affare quando, trent'anni fa, hanno acquistato l'immobile per trecentocinquanta milioni. Un appartamento situato in un quartiere di Roma Nord, ma non quella dei Parioli e dello stadio Olimpico, piuttosto quella vicina all'imbocco dell'autostrada. A consigliarli era stato un collega di mio padre, uno di quei tipi che dànno l'idea di sapere ogni cosa e che in realtà non sanno un cazzo: «Questa zona si sta rivalutando moltissimo, è la gentrificazione!» Gentrificazione 'sto cazzo, signor Salvatore, a meno che non intendesse due panchine per i tossici, un birrificio e uno squallido skatepark frequentato solo da una colonia di filippini la domenica. Ancora oggi mio padre continua a raccontarsi la storiella della «riqualificazione in corso» per non voler accettare di aver fatto una cazzata: siamo a Roma, non a Milano, e qui una Rinascente non potrà mai rimpiazzare un palazzo occupato. Noi i poveri non li sbattiamo fuori a calci nel culo, come ho letto che fanno al Nord.

Unica nota positiva del quartiere è quel paio di locali frequentati da me e dai miei amici, raggiungibili a piedi. Il primo si chiama *Semper*, e di solito ci vanno i finti pariolini, soggetti che si sono dati una ripulita e che ora indossano le Blundstone al posto delle Air Max. I padri di questa categoria sono ristoratori o commercianti, gente con la Mini Cooper, il bulldog francese e la jacuzzi. Sono persone che ho frequentato durante il liceo e che poi ho dimenticato. Nessuna lite, solo un allontanamento figlio della selezione naturale: cercano invano di nascondere un coattume che invece trapela da tutti i pori e che puzza di 1 Million. Non è certo questo il tipo di ricchezza a cui ambisco. Un punto a favore del *Semper* è che ci vanno spesso a studiare gruppi di ragazze fregnette: borsa di Michael Kors e stivali texani fino al ginocchio. Per questo motivo, a giorni alterni, io e gli altri ci ritroviamo lí a far finta di lavorare, muniti di zaino e computer per darci un tono imprenditoriale.

Il secondo locale si chiama *Un peroncino e sto*. Tutt'altro stile rispetto al *Semper*. Nei quartieri come il mio capita spesso che anime diametralmente opposte si ritrovino a convivere in due chilometri quadrati. Da *Un peroncino e sto* ci andiamo quando dobbiamo parlare di cose serie: il capodanno ad Amsterdam, la pizzata con i compagni del liceo, il ritiro della patente a seguito di un sorpasso nella corsia d'emergenza sul raccordo, il primo rapporto orale (che mi aveva fatto mezzo male), la sospensione dopo l'autogestione a scuola, la cotta per la professoressa di sostegno dell'ultimo anno che si era spinta troppo in là e che era finita con una denuncia ai danni di Jacopino, ormai maggiorenne – bei tempi quelli. È un posto frequentato da tutte le età, un vero e proprio bar di paese, che ancora vende le Peroni a un euro e ottanta e le buste di salatini Party Mix. Qui le donne non sono ammesse, è una regola non scritta (e ciò contribuisce a mantenere il luogo incontaminato). Ulteriore considerazione necessaria: fanno vedere tutte le partite di calcio del mondo grazie all'installazione di un software pirata che consente l'accesso a ogni piattaforma.

Casa mia, di per sé, non sarebbe neanche brutta, se non fosse per la tangenziale, sulla quale affacciano le finestre. Viviamo tombati, sia d'inverno che d'estate, e l'arredamento kitsch di mia madre non aiuta a valorizzare gli spazi interni, ristrutturati di recente per demolire il lungo corridoio buio che fino a qualche anno fa ci costringeva a vivere come il tipo di *2001: Odissea nello spazio*. Adesso la casa non ha piú quel corridoio ed è composta da salone e cucina, due bagni, di cui uno cieco, una stanza matrimoniale e due camerette, una per me e una per Silvia – ovviamente mi sono preso la piú grande con la scusa dello spazio per gli strumenti musicali che avevo intenzione di imparare a suonare per entrare al conservatorio e fare il compositore. L'ho arredata di mio gusto, con lo stile che mi contraddistingue, anche se i miei hanno provato in ogni modo a convincermi che prima o poi mi sarei pentito di alcune scelte, come del letto con la testiera a forma di ali di pipistrello: un omaggio a Batman. In effetti, crescendo, è stato faticoso arrendersi all'idea che quel mobilio lo avrebbero visto le ragazze, ma sono uno che dell'opinione altrui se ne frega. Possiedo persino una delle piú importanti collezioni di Clipper d'Italia, posizionata in ordine cromatico sulle mensole sopra il letto. Ne ho di tutti i tipi, con scritto «Viva la fregna», con una foglia d'erba e la scritta «*Don't panic it's organic*», con Lulić 71 che segna il gol della Coppa Italia. L'ampia parete di fronte al letto, sul lato della scrivania, l'ho decorata con i sottobicchieri dei locali in cui sono stato, incollati con l'Attak. Sono ricordi indelebili delle mie serate, nonché sfondo perfetto per le mie *stories* Instagram.

La camera dei miei genitori è triste e spoglia, con un armadio bianco appoggiato contro una parete verde acqua che è un cazzotto negli occhi. Sopra il letto c'è un poster con un quadro di Monet che mi fa pensare a quella volta che io e Bianca siamo andati a Villa Adriana e abbiamo scopato dietro un cespuglio, col rischio che qualche bambino venisse a curiosare. Bianca è così, quando le prende il matto perde il controllo.

La stanza di mia sorella pare Hogwarts. Oltre a una libreria gigante di fronte al letto, ci sono scaffali ovunque, ripiani aggiunti col tempo senza un vero criterio dispositivo, per contenere una quantità infinita di libri. La ammiro per questo, è sempre stata una grande lettrice e chi legge sa pensare con la propria testa, come dice Jeff Bezos nella sua biografia. Silvia sta in fissa con *Harry Potter* da quando era piccola e infatti, oltre a numerosi oggetti da collezione come la bacchetta di Silente in resina, ha tutti i libri della Rowling su una mensola, illuminati da un faretto a forma di boccino d'oro. Insieme abbiamo anche visto tutti i film (il nostro preferito è *Il calice di fuoco*) e ho sempre amato farmi raccontare da lei qualunque curiosità sui personaggi che non potevo sapere. L'altra sua grande passione, come rivela il megaposter appeso alla porta, è Harry Styles, un tipo che si veste da femmina e il cui pubblico è composto principalmente da ragazze complessate e da gay (questo lo so perché qualche anno fa mi è toccato accompagnare Silvia a un suo concerto e mi sono sentito davvero in imbarazzo in mezzo a quel carnevale). I rari spazi rimasti tra i ripiani di libri sono tappezzati di Polaroid. In alcune compaio anche io: sulla finestra ci siamo noi che usciamo dall'acqua in una spiaggia della Sardegna; sul comodino, io che le punto contro una carabina giocattolo (regalo di Natale di zia Sandra) e lei che alza le mani vestita da pirata; sull'armadio, ancora noi sullo skate incorniciati da un viale alberato. Sono molto fortunato ad averla nella mia vita, lei che mi ha sempre voluto bene a prescindere da quanto le piacessero o meno le mie idee politiche o la mia condotta. In fondo è questo che significa essere fratelli.

La cucina è il regno di mia madre, delle sue capsule di caffè (ne compra a centinaia quando sono in offerta al supermercato) e delle sue piante grasse arroccate sugli scaffali dell'Ikea, sistemate dentro vasetti della Thun a tema angioletti e animaletti. Mio padre le dice che dovrebbe smetterla «con tutti quei gingilli, buoni solo a prendere polvere», ma lei lo ignora. Mamma è fatta cosí: finge sempre di non sentire. Soprattutto quando le chiedo di comprarmi qualcosa. Ed è per questo suo totale disinteresse al mio mantenimento che tra noi non corre buon sangue. La sua aria in perenne sofferenza non mi permette di vedere granché di positivo in lei, anche se so che in fondo avrebbe solo bisogno di essere rassicurata: non sono certo uno stinco di santo come figlio, e so che avrebbe preferito di gran lunga un impiegato comunale a me. Me n'accorgo che dai fornelli spesso guarda il vuoto, immersa in un altro mondo. Ogni tanto prende il telefono e si mette a scrollare i video su TikTok, che è diventato la sua ossessione da quando le ho regalato il mio vecchio iPhone. Le piacciono soprattutto i contenuti sugli animali, video di ragazze circondate da caprette che ti spiegano come si vive in una fattoria o in una malga. È proprio matta, mi' madre. Oppure è esaurita. Due so' le opzioni.

Una porta a vetri separa la cucina dalla sala, ma è totalmente inutile perché non possiamo chiuderla: «Essendo a vetri c'è il rischio che si rompa» è ciò che dice sempre mio padre, lasciando ancora oggi senza una risposta la mia domanda: «Ma che l'abbiamo messa a fa'?»

In salotto, in ordine di apparizione, si notano: uno scrittoio antico appartenuto alla mia bisnonna, con un piano verde ricoperto da una lastra di vetro. Osceno. Un divano a *l* color panna in ecopelle, comprato in offerta. Inguardabile. Una lampada da terra con paralume in cartone bianco e un appendiabiti in mogano, inutilizzato. Penosi. A completare il quadro, sulla parete principale campeggia una libreria Billy, che per il peso dei libri sta iniziando a perdere la sua forma originale, trasformandosi in qualcosa di simile all'Arca di Noè. «Mi piace molto il mix di antico e moderno» è la formula con cui casa nostra è stata condannata a essere un inferno devoto a un demone chiamato Mondo Convenienza.

Per questi e altri motivi non sono mai stato troppo propenso a invitare persone a casa, né durante il liceo né all'università (fatta eccezione per pochi intimi, come Jacopino e Martina). Non vorrei mai che i miei amici si azzardassero a pensare che siamo poveri. Siamo una famiglia benestante, abbiamo solo utilizzato male le nostre risorse. Per esempio, mio padre ha comprato una Panda anziché una Tesla, e facendo due conti ho stimato che se l'avesse presa in leasing, la Tesla, ci sarebbe rientrato perfettamente con le spese. È stato lui a impuntarsi, testardo: «La Panda è piú comoda e ci possiamo fare l'impianto a metano». Secondo me non gli piacciono le cose belle, ecco quello che penso. Sai che cosa ce ne facevamo dell'impianto a metano con una macchina elettrica? Lo dico perché mio padre è un uomo intelligente, ma con idee un po' antiquate. Ora il mondo va veloce e bisogna saper investire, stare al passo coi tempi. Fa un lavoro abbastanza importante all'ufficio pensioni del ministero di Grazia e giustizia (io dico dirigente, ma mi sa che non è proprio quello) e guadagna bene: non abbiamo mai dovuto rinunciare alla settimana bianca d'inverno né al mare d'estate. Il suo amore per il risparmio, però, ci ha sempre costretti a vivere come campeggiatori, anche in quelle che dovevano essere vacanze rilassanti: imbarcate chilometriche con borsa frigo sottobraccio e k-way alla mano, «per sfruttare al meglio anche le giornate di pioggia». Ed è proprio vero: essere poveri non è un fatto economico, ma uno status mentale.

Stessa identica cosa vale per mia madre, impiegata al municipio da ben venticinque anni, la cui ansia cronica ha reso ancora piú drastica la sua tirchiaggine. Non toccare, non sbattere, non saltare, non urlare, non parlare, non correre, non guidare, non accarezzare, non fischiettare, non disturbare sono espressioni che rappresentano il novanta per cento del suo vocabolario. È stata proprio lei a impedirmi di avere un motorino, «non ho intenzione di vedere mio figlio spiaccicato su qualche guardrail», rendendo infernali i miei spostamenti per Roma fino al giorno del conseguimento della patente. Ora utilizzo a turno la macchina di mamma o di papà. La vita è proprio ingiusta: poteva capitarmi chiunque come genitore, potevo nascere figlio di Bill Gates o, che ne so, di Kim Kardashian. Potevo essere figlio dei genitori di Paoletto, che mi sembrano due grandi, un po' fricchettoni, forse, ma che comunque se la *chillano* per bene. Invece ho dovuto fare da cavia da laboratorio a questi due campioni olimpici di ansia e risparmio che manco gli emigrati italiani degli anni Cinquanta. E la cosa bella è che mi tocca pure ringraziarli quando fanno la spesa, «ché non te lo immagini nemmeno quanto ci costi con quello che mangi».

Il clima di precarietà in cui sono cresciuto mi fa pensare che non ci sia niente di piú sbagliato di due persone che smettono di sognare. Mamma e papà sono due sconfitti, poverini. Risparmiano pensando a me e mia sorella che cresciamo e nel frattempo invecchiano. Se ne stanno lí, nei loro cappotti sintetici firmati Upim, «che questo mese fa gli sconti». Se seguissi i loro consigli sarei un vero sfigato o al massimo un insegnante di sostegno. Io, invece, ho fatto Economia e mi preparo a essere un grande imprenditore.

Stasera è il compleanno di mio padre. Ho invitato a cena Jacopino, una spalla sicura durante le ricorrenze familiari e un compagno fedele con cui giocare alla PlayStation: dobbiamo finire *The Last of Us 2* e la voglia di far fuori qualche zombie con un paio di cannoni in mano è quasi superiore alla voglia di figa del mio amico. Io e Jacopino siamo amici dai tempi del liceo.

Anche Silvia ha invitato un'amica, sempre la stessa, Simona, la cessa. L'ultima cosa che vorrei fare, dopo una giornata di Netflix dedicata al rewatch di *Peaky Blinders*, è scambiare quattro chiacchiere con una nazifemminista asociale e brufolosa, ma è il compleanno di papà e glielo devo, dopo tutto quello che ha dovuto pagare per la mia festa di laurea lo scorso week-end.

Oggi è pure il giorno designato per compiere l'operazione piú difficile dell'anno, il D-Day: spiegare ai miei genitori quanto sia importante che partecipi all'ottavo Mykonos Elisir Tour (si chiama cosí anche il gruppo WhatsApp, creato nella prima edizione). Non devo fare passi falsi. Jacopino lo sa e mi guarda, garantendomi il suo sostegno. È seduto in salotto da piú di venti minuti e di sicuro i pantaloni sintetici della tuta che indossa saranno diventati tutt'uno con l'ecopelle del divano.

– Ci siamo quasi!

Un odore di merda aleggia per casa.

– Stasera ho provato una ricetta nuova!

Mamma ha aperto il tavolo del salone, come fa sempre quando abbiamo ospiti. Probabilmente sarà la cosa piú straordinaria della sua settimana, dopo la scoperta di un TikTok di Luca Barbarossa che cucina la carbonara.

La pustolosa ancora non c'è. – Dov'è Simona? – chiedo a mia sorella.

– Mi ha appena scritto, ha trovato traffico, sta arrivando.

È pure in ritardo, 'sta maleducata. Io e Jacopino ci guardiamo, perché quel videogioco è una bomba e non vogliamo perdercene neanche un minuto. Stiamo entrambi sperando in un forfait di Simona, il che non sarebbe affatto male vista la delicata tematica che ci toccherà affrontare stasera.

– Vabbe', noi iniziamo... Mica se la prenderà? – azzardo. Tentar non nuoce, ma Silvia non è in vena di battute e mi guarda malissimo. Incasso la sua aria contrariata fingendo disinteresse e afferro un pezzo di pane dal cestino con le paperelle che è in tavola. Devo stare buono, calcolare bene le mie mosse, oggi nulla deve andare storto. E poi mia sorella potrebbe rivelarsi una buona alleata nell'impresa Mykonos, come lo è stata in passato con altre mie battaglie (tipo quella per il Woolrich a Natale o per l'Apple Watch al compleanno).

In sottofondo c'è il televisore acceso, uno speciale di Sky TG24 sui volpini allevati come cavie da laboratorio in uno stabilimento nel Modenese. «Volpini nani dal pelo fulvo, questa la razza utilizzata per la sperimentazione di creme e cosmetici in uno stabilimento dell'Emilia Romagna, ora sotto sequestro per indagini giudiziarie». La gente è davvero senza cuore, maltrattare un esserino indifeso. Come quelli che abbandonano i cani sul ciglio della strada. Se non sei in grado di prendertene cura non dovresti poter avere un animale. Lo Stato, o chi per lui, te lo dovrebbe impedire, come si fa con i figli, che quando nascono in una famiglia di eroinomani vengono presi e portati dalle suore.

Il rumore del citofono interrompe la mia riflessione. È la brufolosa. Ce l'ha fatta a degnarci della sua presenza, purtroppo.

Alla tv scorrono le immagini dei vigili del fuoco che recuperano dei cuccioli dalle gabbie accatastate. Quanta crudeltà, devo girarmi dall'altra parte per non far vedere a Jacopino che ho gli occhi lucidi, altrimenti mi prenderebbe in giro fino alla fine dei miei giorni. Non c'è niente che mi commuove di piú degli animali, ero cosí anche da bambino.

– Guarda che bastardi!

Mi volto verso la porta d'ingresso e vedo un ammasso di brufoli e forfora entrare in casa e marciare (senza preoccuparsi di salutare nessuno) verso il televisore, fino ad appiccicarsi allo schermo per guardare meglio il servizio. Continua a premere sul monitor con le sue dita zozze e unte indicando i cani e dicendo cose del tipo «dovete andare in galera!» Per fortuna la pubblicità la distoglie dalla tv e mia sorella la abbraccia con quell'entusiasmo con cui si salutano solo le femmine, che per quanto mi riguarda è imbarazzante.

Mio padre sta aprendo una falanghina. Si chiama Botte mia e ha tutta l'aria di provenire dalle corsie dell'Eurospin. Sicuro l'ha pagata meno di quattro euro.

– Gradite?

Ci giriamo a osservarlo mentre versa nei calici un liquido che ha alte probabilità di puzzare d'aceto.

– È naturale? Bevo solo vini a fermentazione naturale.

Ma perché questa non si tappa 'sta fogna di bocca?

– Ma cammina, che te bevi pure l'acqua del Tevere, quando stai 'mbriaca!

Grande Jacopino. Sta facendo una strana mossa barcollante, con l'intento di imitare Simona ubriaca. È proprio scemo.

Mio padre continua a versare il vino, imperturbabile.

– Forza, seduti ché è pronto! – Mamma sta portando una pirofila contenente una poltiglia indistinta color giallorosso, con macchie verdognole sparse qua e là. So già cosa sta per succedere e mi voglio godere la scena.

– Io questo non lo mangio.

È papà.

– Non fare il simpatico, passami il piatto –. Mamma è paziente ma ha la voce stridula, cerca di sminuire la questione, eppure lo sa anche lei qual è il problema. Lo sappiamo tutti.

– Ho detto che non lo mangio, e non lo mangio.

– Ragazzi, voi? Dài, smettila, su ch'è buonissimo.

– Cioè, tu, il giorno del compleanno mio…

– Forza, Silvia, passami il piatto.

– … m'hai fatto i *pepperones*?

– Non sono peperoni, amore, è una polenta con pomodorini e curry, un piatto di uno chef somalo che ho trovato su TikTok. Vedi? – risponde mamma, e intanto col mestolo scosta qualche foglia di un'erba che non conosco, come se servisse a mostrare meglio il contenuto della teglia. La cuoca si sta agitando.

– Quante volte t'ho detto che questi colori non me li devi accostare? Invece tu insisti. Pure il servizio, quello del caffè, usi sempre la tazzina gialla col piattino rosso. Eh no! Oggi è il compleanno mio e decido io.

Se non si fosse capito, o se fosse impossibile da credere, il problema è che papà porta avanti da una vita intera una sorta di battaglia politica contro l'accostamento del giallo e del rosso, i colori della Roma.

Jacopino è parecchio interessato e aizza papà aggiungendo di tanto in tanto cose del tipo «però c'ha ragione... questi so' errori da principianti!»

– Ma cosa c'entra, papà: è cibo, dài, per piacere, mangiamo.

A parlare è l'oracolo di casa. Solo dopo questa frase, pronunciata dall'angelo della famiglia, eterno amore di papà, santa Maria Goretti scesa tra noi per consegnarci la verità rivelata, nonché mia sorella Silvia, mio padre, amareggiato e sconsolato, acconsente a farsi riempire il piatto.

– C'è il burro, nella polenta?

La fogna invece parla ancora.

– Non mi pare, Simona, perché? – chiede mia madre, titubante. – Sei allergica? – vuole assicurarsi che non schiatti.

– No, è che da qualche giorno sono passata dalla dieta vegetariana a quella vegana.

Te pareva. Questa ce l'ha tutte. Ma dove cazzo l'ha trovata, mia sorella?

– Simona, capperi! Mi dispiace, non lo sapevo.

Mia madre e la sua ansia non reggeranno il colpo: un'ospite digiuno e un piatto della Roma il giorno del compleanno di mio padre. La cena si sta trasformando nel suo piú grande incubo.

– Ho visto un video su YouTube che spiega la preparazione del tofu marinato... A saperlo, facevo quello!

Alla fine cominciamo tutti a mangiare – con grande sollievo di mia madre, anche Simona, che ha semplicemente scansato il sughetto curry e pomodori – e la conversazione prende una piega prevedibile.

– Per me i vegani sono stupidi, – insiste Jacopino.

– Sí, frate', so' d'accordo, – lo appoggio io. – Capisco i vegetariani, quelli che gli fanno pena gli animali. Anche a me alla fine un po' mi tocca, pensare che degli animali vengono uccisi per sfamarci. Ma i vegani sono proprio un'esagerazione.

Vorrei aggiungere che, se vieni a casa mia a mangiare dal mio piatto, a bere il mio vino, il giorno del compleanno di mio padre, devi solo portare rispetto ed essere contenta per ciò che ti viene offerto. Non dico nulla solo per i miei genitori. Ma ho preso a fissarla cosí intensamente che mia sorella è costretta a darmi un calcio sotto il tavolo.

– Guardate che i vegani sono attivisti! E no, non lo facciamo per gli animali, ma per motivi politici. Perché non vi informate un po'? – ribatte lei, agitando il dito contro me e Jacopino. Poi conclude: – Che magari vi evolvete anche.

Vabbe'. Questa sta fuori. Oggi vuole litigare. In ogni caso sarebbe meglio tagliare corto e sedare gli animi, per non rischiare di scatenare inutili litigi il giorno del piano Mykonos.

Jacopino però continua a essere molto interessato al tema vegano e con mia sorpresa ha parecchie cose da dire. – Secondo me ci sono degli attivismi giusti e degli attivismi sbagliati, – eccolo che parte, – come per tutto... È l'esagerazione, il problema.

– Ah, quindi una rivoluzione alimentare sarebbe un attivismo sbagliato? – lo provoca Simona.

– Senti, va bene dirmi che gli agnelli non devono morire, o che i *nuggets* di pollo fatti con i pulcini frullati tutti interi sono un abominio...

– L'ho visto pure io, quel TikTok! – s'intromette mia madre.

– Ma mo che io non me posso piú magna' la carbonara me pare troppo, – sbotta il mio amico.

«E ora diamo la linea a Bologna, dove le volontarie del canile Batuffoli innocenti hanno attivato un servizio di accoglienza per i piccoli volpini confiscati». Queste parole ci riportano alla tv, e mentre guardo le immagini penso che ci dovrebbe anda' Simona, a Bologna, ad aiutare i cani maltrattati. E invece il suo attivismo consiste nel rompere le palle a casa mia per un po' di polenta col burro e del vino non biologico.

Mia sorella propone un brindisi a mio padre e mi sembra una buona idea, in fondo è il suo compleanno e invece noi ce ne stiamo qui a parlare dei cazzi di Simona. Non mi pare corretto.

– Auguri, papà!

– Sí, auguri, papo!

Facciamo cin col bicchiere e beviamo in silenzio. Io e Jacopino battiamo anche il coltello sul calice, come facciamo durante tutte le ricorrenze importanti. Adesso è il momento adatto per calare il mio asso nella manica, la carta segreta che mi preparerà il terreno fino a condurmi dritto dritto alla vittoria: – Questo è per te, papo!

Mentre lo dico sfodero da sotto la sedia un pacchetto celeste fresco fresco del Lazio Store di via Calderini. In sottofondo mia mamma mormora un «*oooh*», probabilmente dovuto al fatto che non si aspettava un mio gesto d'affetto.

– È 'na cazzata... – ci tengo ad aggiungere, e gli consegno la bustina, facendola passare da una parte all'altra del tavolo. Preferisco rimanere umile: la modestia è un'ottima alleata. Papà è ammutolito: non sa gestire la carica emotiva che il mio regalo gli restituisce. Sorride, confuso, ma la contentezza gli si legge in fondo agli occhi. Apre il pacco. Dopo un attimo di esitazione, con la tavola in assoluto silenzio, esclama: – La maja de Lulić! Non ce posso crede'!

Tira fuori dalla busta un capo scintillante, che maneggia come fosse oro. La desiderava da tantissimo tempo, ma la sua tirchieria non gli ha mai permesso di averla. Credo che i figli servano anche un po' a questo, a costringere i genitori a fare cose stupende che non avrebbero avuto il coraggio di fare da soli. La gioia nei suoi occhi è tanta che potrebbe persino non curarsi del fatto che l'ho pagata con i cento euro che mi ha dato ieri.

– Capirai, tuo padre impazzisce, adesso! – Anche mamma è felice, colpita dal mio gesto inaspettato. – È bellissima! Quanto l'hai pagata?

– Vero? – dico di rimando, fingendo di non aver sentito la domanda.

– Grande! – continua a ripetere papà. È la sua massima espressione di gratitudine, quindi non pretendo altro. Ho fatto bingo. Sento che il terreno ormai è fertile: è il mio momento. La prendo alla lontana.

– Voi che fate quest'estate, ma'?

Jacopino sa che è il segnale e si mette sull'attenti, sistemandosi sulla sedia. Sta ancora ciancicando con grande difficoltà le bucce di pomodoro del manicaretto di mia madre.

– E che dobbiamo fare? Quello che facciamo ogni anno, – risponde lei.

– Annamo a balla' co' le brasiliane. Io e tu' madre, – dice invece mio padre, con la sua solita ironia da quattro soldi. Non mollo e cerco un altro appiglio.

– Tu, Silvietta? – Spero che i piani di mia sorella siano un po' piú ambiziosi del solito, quantomeno per trovare un'alleata nella battaglia e non essere visto come il solito succhiasoldi.

– Di sicuro andrò a Roseto degli Abruzzi con gli scout, due settimane in tenda. Quest'anno insegneremo ai ragazzi a costruire le sopraelevate sugli alberi. Sono troppo emozionata, è il mio primo anno da caporeparto! Poi boh, forse qualche giorno in campeggio con Simona, in Salento.

Doppio campeggio per mia sorella. Non ci posso credere. Le voglio bene, ma è veramente una sfigata.

– Ammazza che poverata, – dice infatti Jacopino.

– Perché, voi che fate? – chiede Simona. Ci vuole mettere in difficoltà, è lampante.

– Allora. Siccome a me piace il mare... – inizio. – Cioè, pure il campeggio è bello, davvero, però come ben sapete a me piace proprio il mare, quello da vivere sotto l'ombrellone, con la sabbia fina e l'acqua limpida, un luogo dove poter leggere un libro in tranquillità e, perché no, magari studiare per l'esame da commercialista, – lo studio ci sta sempre bene quando devo convincerli a lasciarmi fare qualcosa. – Ecco, visto e considerato tutto ciò, e aggiunto anche che questa sarà l'estate della laurea... Si potrebbe chiudere un cerchio, come si dice... Pensavo di portare avanti una tradizione ormai decennale, che insieme ai miei amici abbiamo istituito nel lontano anno della maturità. Un bel viaggio marittimo.

– Perché per una volta non cambiate? Potreste andare a Gaeta... – A parlare è mia madre. – Ci sono stata l'anno scorso con zia Sandra, e devi vedere che posto magnifico è. È pieno di bancarelle, la sera, c'è molta vita.

Non mi scoraggio. – Anche, anche... Non male come alternativa. Ti dico la verità: avevamo preso in considerazione l'idea di spostarci, ma il fatto è che a noi piacciono i posti dove il mare è comodo, senza doversi sbattere con la macchina e... con il parcheggio.

– Allora Ladispoli –. Parla mio padre. – Fidatevi, dovete anda' là. Io da piccolo c'andavo sempre. E poi c'ho 'n'amico che c'ha casa, – altissima probabilità che l'amico sia Salvatore. – Salvatore! Ce l'avete presente? Dice che è bellissimo, il mare. Casa ve l'affitta a cinquecento euro, ci parlo io.

Cinquecento euro non è neanche un decimo del budget che abbiamo intenzione di spendere per Mykonos e io devo tenere i nervi saldi se voglio portare a casa questo trofeo. Le mie solite scenate d'ira, tipiche di un ventottenne, stavolta non aiuterebbero.

Alla tv un esperto, forse un medico, sta parlando dei possibili sintomi dei tumori maligni alla tiroide. «I noduli tiroidei isolati all'interno della ghiandola si possono sentire massaggiando il collo con le dita».

– Ladispoli è molto carina, – interviene Jacopino, tagliando corto, – ma noi siamo piú per qualcosa di giovanile, tipo la Grecia. Per una questione di tradizione, appunto.

Silvia sa perfettamente dove stiamo andando a parare e cerca a modo suo di aiutarci: – Bellissima, la Grecia, ci sono un sacco di siti archeologici da visitare, il Palazzo di Cnosso, a Creta, il Partenone, ad Atene, il teatro antico di Epidauro...

Apprezzo il tentativo, ma dubito porti acqua al mio mulino.

– Sí, ecco... Stavamo pensando, anche con gli altri, di tornare a Mykonos. Ci siamo sempre trovati bene, lí, le spiagge sono bellissime e...

– Ti interrompo subito, – fa mia madre, tutta ringalluzzita, – non se ne parla. L'anno scorso ci hai derubati, cosí come gli anni precedenti, sí, questo è il termine giusto per descrivere quello che hai fatto, ci hai derubati dei soldi che noi guadagniamo con tanta fatica, e per cosa? Per andare a ubriacarti e chissà che altro tutte le sere in discoteca. Ti credi che siamo scemi? Sappiamo benissimo cosa accade in quei posti. Quando diventerai autonomo? Quando capirai il valore del denaro? Te lo dico io quando, quando ti toccherà guadagnartelo con il tuo sudore. Quest'estate devi trovarti un impiego, bello mio, eh sí. È finita la pacchia. Ti sei laureato, il nostro compito termina qui. Abbiamo chiuso i rubinetti. Diglielo anche tu, Gianni.

– Sí, – conferma mio padre. – Adesso sei adulto.

Not bad. Mi pare ci sia margine di manovra. In fin dei conti pensavo peggio. «Non se ne parla» non è no.

Continuiamo a masticare in silenzio per qualche altro minuto.

«E questa è un'ecografia che ci consente di vedere come si mostrano i noduli ai linfonodi latero-cervicali». Ora in tv c'è il tizio di prima con indosso un camice bianco. Sullo sfondo, quello che dovrebbe essere il reparto di un ospedale: si intravedono i letti vuoti e le infermiere che camminano avanti e indietro.

Tutto sommato la cena sta andando bene, meglio del previsto. In fondo non c'è stato nulla di paragonabile alla scenata del 2017, quella sí che mi aveva preoccupato, quando mamma mi aveva schivato per un pelo con un piatto di porcellana alla mia richiesta di ulteriori cinquecento euro per prenotare un giro in catamarano con la Golden Luxury Sailing Company di Mykonos.

Silvia, che non riesce a sopportare nemmeno un minuto di tensione dentro casa, prende di nuovo parola: – Per me potete dargli anche i soldi miei. Io non ho bisogno di un grosso budget per le vacanze quest'anno, sono contenta se si fa una bella vacanza, per festeggiare la laurea.

– Che top Silvietta... – commenta Jacopino, ridacchiando.

Sono senza parole. Da una parte la generosità di mia sorella mi commuove, dall'altra mi sembra davvero un gesto esagerato e la sua bontà smisurata non fa che rimarcare il mio egoismo e la mia sfacciataggine. Io sono il figlio cattivo, quello senza sentimenti, ma d'altronde chiunque lo sarebbe, messo a paragone con Gandhi.

– Facciamo cosí; io mi trovo un lavoro e mi pago da solo la vacanza... Però voi mi anticipate i soldi della caparra e del volo. Vi prometto che vi ridò tutto. Ve lo prometto.

– Sí, come sempre, no? – dice mio padre. – Quest'anno dovrai renderti autonomo e guadagnare, se partire è una tua priorità. Ti consiglio di iniziare subito con la ricerca di un lavoro, perché duemila euro non si guadagnano certo in un giorno.

Meglio allentare un po' la tensione e non tirare troppo la corda, per oggi. So di essere vicino alla vittoria: ci sono state richieste che hanno avuto esiti di gran lunga peggiori. Mi godo un paio di forchettate in silenzio. Il lavoro è una minaccia che ha il solo obiettivo di spaventarmi e poi mamma è cosí: can che abbaia non morde. Mi pare che le basi per proseguire con la contrattazione ci siano.

Tutti sono intenti a finire il pasto e le acque sembrano essersi calmate quando sento una voce provenire dalla mia destra: – Mykonos è proprio la patria dell'italiano medio.

È una persona che per qualche minuto ero quasi riuscito a dimenticare. Si sta gustando un pezzo di pane intinto nell'olio, rigirandoselo tra le mani e leccandosi di tanto in tanto le dita.

– In che senso? – chiede mia sorella, che sarà pure un'ingenua, ma totalmente cogliona ancora non è, e questa cosa che Simona ci debba trattare come degli idioti secondo me dà fastidio pure a lei.

– Be', dài, su! Hai presente la fauna che frequenta questi posti?

Io a questa stasera le spacco la faccia.

– Ti dico solo che ci vanno sempre le tipe del corso di Comunicazione, hai presente? Devo aggiungere altro?

– Dicci di piú, Simona, – mia madre la invita a parlare.

– Le ragazze vanno lí a scroccare cocktail, mercificando il proprio corpo e facendosi foto mezze nude sui motorini. A me questa cosa fa davvero orrore. Per non parlare dei maschi. Tutti intorno come avvoltoi…

Vuole morire. È palese. Ha deciso che il compleanno di mio padre è una buona occasione per farla finita. D'altronde, come biasimarla, con la vita triste che si ritrova.

– Mi stupisce Bianca, – prosegue. – Com'è possibile che da anni acconsenta a una cosa del genere? Io non ci andrei mai col mio ragazzo a Mykonos.

– Ti ricordi quella volta che siamo stati al mare in Sardegna con zia Sandra? – È Silvia, con le sue solite storie malinconiche. Le piace molto ricordare i nostri momenti felici e utilizza gli aneddoti del passato per calmare le acque in situazioni scomode. – Abbiamo fatto il bagno al tramonto piú bello di sempre, quell'anno, col cielo viola e rosso sullo sfondo. Ti ricordi la foto che aveva fatto papà?

Non riesco neanche ad ascoltarla. Con Simona ho due possibilità. Sbroccare male e mettere a tacere questa fogna, oppure giocare d'astuzia e portare a casa la partita, da vero vincitore. E si dà il caso che mi sia già acchitato una mossa d'emergenza. Ho calcolato davvero tutto. Guardo Jacopino, che sa di dover procedere con il piano.

– Tieni, Gianni, questo è per te, – e cosí dicendo, con grande stupore dei presenti, anche il mio amico allunga un pacchetto.

– Scarta la carta, scarta la carta! – canticchio battendo le mani, e mi agito come per invitare la folla a unirsi. – Dài, Simo! Anche tu: scarta la carta, scarta la carta! – È davvero una soddisfazione vederla in silenzio obbligata a battere le mani per me. Pure mia sorella è ammutolita: basandosi sulle passate esperienze di compleanni in famiglia non aveva affatto previsto un momento regali.

– Due biglietti? No, vabbe'! Maurizio Battista all'Olimpico!

– È da parte mia e dei miei, – precisa Jacopino.

– Ragazzi, ma allora oggi lo volete far impazzire! – dice mamma sparecchiando. Poi va a preparare il caffè.

– Grande! – È la parola che continuerà a uscire dalla bocca di papà per tutto il resto della serata. Al momento della torta io e Jacopino siamo ormai due eroi, anche perché le donne si sono presentate a mani vuote.

– Vieni, Jacopi', andiamo a gioca' alla Play. È stata una bella festa!

E cosí dicendo ci congediamo da un tavolo che ormai sa già di souvlaki e mojito in riva al mare.

La fidanzata

«Para siempre»

Apro gli occhi, uno alla volta, per abituarmi alla luce che riempie la stanza. Dal raggio di sole che batte sulla finestra deduco che saranno le due del pomeriggio passate: è il momento di alzarsi, nonostante non abbia dormito le mie dieci ore di sonno abituali. Al mio fianco, come un leone al sole, è steso Jacopino, coperto soltanto dai suoi boxer Tezenis. Stanotte abbiamo giocato a *The Last of Us*, non ci siamo staccati dalla Play finché non lo abbiamo finito. Un risultato eccezionale, inatteso.

Camminando verso la porta inciampo in un piatto sporco di ketchup. La mia camera è un delirio, non c'è neanche un centimetro quadrato di spazio sgombero. Quando giochiamo ci viene sempre una fame incredibile, colpa della stanchezza, dello schermo luminoso o dei cannoni che ci rolliamo come se non ci fosse un domani. Di solito verso le due di notte inizia il mio viavai dalla cucina, dove mi improvviso in ricette inedite o in panini super imbottiti da me nominati GRAN MIX (per lo piú farciti con gli avanzi che mamma lascia in frigo): c'è il Big bacon schimico, il mio preferito, un sandwich a base di uova sode, bacon o prosciutto crudo tostato in padella e piselli; il Tutto per tutto, un hamburger con cui testo la mia reattività intestinale, a base di salmone affumicato, yogurt, funghi e cetrioli; poi c'è il Profumi d'Oriente, in cui infilo le salse che ha comprato mamma da quando è entrata in fissa con la cucina fusion, e può contenere tracce di pesce, uova, latte, arachidi, noci, pollo, manzo, maiale, carote, patate, funghi, peperoni, soia, curry, curcuma, senape, e forse qualcos'altro che tralascio. Considerati i resti sul pavimento, ieri sera dobbiamo aver optato per uno Svuotafrigo, un panino imbottito seguendo l'istinto di sopravvivenza piú che uno schema preciso.

La puzza di Iqos, poi, un misto tra l'odore di culo e quello di ravioli cinesi, aggiunge al fetore generale della stanza un non so che di nauseabondo ma al tempo stesso rassicurante. Se scoppia una guerra voglio essere seppellito qui dentro con il mio amico.

Vado in bagno, Jacopino continua a dormire. Spero di non incontrare mia madre in giro per casa. Stanotte ci ha disturbato almeno in cinque o sei occasioni, chiedendoci di abbassare la voce, e l'ultima volta mi è sembrata un po' troppo scorbutica con il nostro ospite, cosa che non mi è affatto piaciuta. Se la vedo glielo dico. Torno in camera e mi guardo intorno: non riesco a trovare il cellulare. È da ieri sera che non lo prendo in mano e ho il presentimento che a Bianca non abbia fatto piacere. Dopo la festa di laurea, abbiamo passato insieme una serata-cinema, durante la quale è riuscita come sempre a capovolgere la versione dei fatti accaduti, ammorbandomi con le sue teorie senza senso sull'uomo troppo possessivo che rischia di diventare pesante e opprimente, e ha concluso dicendo che dovrei lasciarle «raggio d'azione» almeno in discoteca.

Non so davvero come faccia: sono partito da casa convinto delle mie posizioni, ripetute tipo mantra davanti allo specchio mentre mi facevo la barba. Sono salito in macchina ancora certo di avere ragione, fomentato dalle immagini della festa che mi tornavano in mente. Mi sono fermato di fronte al solito passo carrabile sotto casa sua e ho ripassato i punti focali del discorso che volevo farle: «non hai rispetto per me»; «chi ti credi di essere?»; «chi erano quelle persone?»; «pensi di potermi prendere per il culo?»; «la droga è molto pericolosa»; «se vai in carcere non cercarmi». Quando le ho scritto di scendere, però, qualcosa dentro di me ha iniziato a scricchiolare: le mani mi sudavano, il desiderio di fumare saliva, il battito accelerava. Poi l'ho vista uscire dal portone con la sua aria spavalda, il ghigno strafottente, l'outfit impeccabile, e a quel punto il piano è andato a farsi fottere. È salita in macchia col muso, la sua tecnica infallibile per fingere di essere offesa per qualcosa. Non importa quanto il capo d'accusa possa essere inattaccabile, lei va sempre dritta per la sua strada, cocciuta come un mulo, anche quando ha torto marcio, finché non ti ritrovi a doverti scusare per chissà quali assurdi motivi. In auto abbiamo fatto il gioco del silenzio finché, arrivati al cinema, poco prima che iniziasse il film, non mi ha rivelato di essere «molto offesa perché ero entrato in quel bagno e non avevo rispettato la sua privacy». È la stessa logica argomentativa che ha usato quando *accidentalmente* ho letto sul suo telefono i messaggi di un tal «Gianmarco Fisioterapia» che le chiedeva se le fossero «passati i dolori dell'altra sera» e lei, invece di darmi spiegazioni, mi aveva sbroccato perché «controllare il telefono a qualcuno è un peccato capitale che Gesú avrebbe inserito come divieto nei comandamenti, se fosse vissuto ai tempi nostri». Pertanto, a metà del film eravamo ancora al punto di partenza: «le droghe, usate in maniera moderata, non fanno piú danni dell'alcol. E poi tu non sei il primo ad ammazzarti di canne con i tuoi amici?» E dopo una serata estenuante con sottofondo *Super Mario Bros.*, ho finito per rinunciare a ogni spiegazione e ci siamo rappacificati definitivamente grazie a un pompino in macchina.

Nella penombra della camera trovo il telefono attaccato al cavo Aux della cassa. È scarico. Prendo il caricabatterie e vado in cucina a farmi un bel caffè. Per fortuna a casa non c'è nessuno. È tutto perfetto: io e Jacopino unici padroni del reame in una soleggiata giornata di primavera. Metto in carica l'iPhone fischiettando *(It Goes Like) Nanana*, una hit di Peggy Gou, una stronzetta cinese coi soldi che trovo molto arrapante. Canticchio e simulo una mossa col braccio come fossi al tavolo del *Papyrus*. Il telefono si è acceso. Cazzo. Sono davvero le due. Lo schermo è sommerso da centinaia di notifiche, e almeno la metà sono di Bianca. Ha tentato di contattarmi su WhatsApp, Instagram, Telegram, Facebook, e con chiamate, sms, messaggi in segreteria e chissà cos'altro – voglio scongiurare l'ipotesi della chiamata a mamma, che mi manderebbe bevuto subito: «Quel deficiente di mio figlio di sicuro sta ancora dormendo». Se c'è una cosa che fa incazzare Bianca, è il ghosting. La richiamo immediatamente, perché ogni secondo è prezioso quando sei in trincea.

Uno squillo. Due squilli. Questa mi ammazza. È l'unico pensiero che riesco a formulare mentre un paio di goccioline di sudore mi scendono timide lungo le tempie. Tre squilli, poi un rumore di fondo dà il via alla seguente raffica di parole: – Brutto menomato che non sei altro, stamattina dovevamo andare a fare colazione in centro, ma ovviamente ti sei fatto i cazzi tuoi. Ti ricordi che stasera devi portarmi al *Bosco segreto* per un aperitivo che avevi definito, come?, ah sí, da sogno? Ma io perché mi sono messa con un coglione come te?

A questo punto della chiamata spengo il cervello, tanto so che nessuna giustificazione ragionata mi sarà utile a far ridurre la pena. Quindi procedo con il solito repertorio.

– Amore, perdona, mi sono addormentato tardi per... – adesso che mi sono laureato non posso piú usare la scusa dello studio disperato pre-esame, – fare delle cose importanti, di lavoro.

– Non me ne frega un cazzo. Se non sei da me tra cinque minuti non ti voglio piú vedere. E di' a quell'idiota di Jacopino di levarsi dalle palle.

È davvero la regina degli indovini, ci prende sempre.

– Mi vesto e arriv...

Ha già riattaccato. Che vipera.

Ho poco tempo, devo agire con determinazione. Il pane bisogna guadagnarselo, e questo lo so bene. Perciò ho pensato di immolarmi e proporre a Bianca quel famoso giro al centro commerciale di cui mi parlava da tempo e che non abbiamo ancora avuto l'occasione di fare. Spero che la mossa mi possa aiutare a recuperare un po' di punti dopo la sparizione. È un gesto significativo, considerando la pazienza che richiede starle appresso in un contesto pieno di negozi, corsie, vetrine.

«Ho tantissima voglia di andare insieme a fare un po' di shopping».

È il primo messaggio che le invio, usando un plurale generico che in realtà vuol dire: starò ore a guardarti provare vestiti, aspettando che tu scelga l'ennesima tuta aderente di Zara. Lei temporeggia, mi tiene un po' sulle spine, ma dentro sta già morendo dalla voglia di torturarmi.

«Passo a prenderti tra venti minuti, preparati». È il secondo messaggio, a cui segue finalmente una risposta, secca, lapidaria: «Okay».

Bianca non si fa sfuggire l'occasione, e in un attimo mi ritrovo in un corridoio stretto e claustrofobico. Sto tenendo in mano una pila indistinta di vestiti. La policy del negozio è chiara: «Non piú di otto capi alla volta», ma lei vuole provare tutte le taglie e gli abbinamenti possibili. Mentre aspetto fuori dal camerino le commesse mi sfrecciano accanto infastidite e ogni tanto mi guardano in cagnesco, dicendo cose del tipo: «Fatti un po' piú in là, non si può sostare qui»; «ma quando arrivano le ferie?»; «quella ragazza con i leggings neri è davvero grassa». Sto facendo di tutto per riconquistare la fiducia di Bianca, ma la verità è che non c'è posto per il perdono nel suo cuore in questo momento almeno quanto non c'è posto per un fidanzato tra le corsie di questo negozio.

– Amore, mi prendi una taglia piú piccola? – Vedo la testa di Bianca sbucare dalla tenda della cabina con un dito puntato sul petto. Indossa una tutina bianca che sembra le sia stata plastificata addosso. Penso si sia tolta la biancheria, per provarla, trattandosi di uno strato di stoffa talmente sottile e trasparente che anche uno slip sarebbe di troppo. Pare sottovuoto.

– Bia', piú piccola di questa do' la vado a prende'? Alla Cicogna? Non gioca', dài...

Un'altra ora qui dentro e mi faccio ricoverare, giuro.

– Ti sta da dio, – le dice una voce proveniente dal camerino di fianco. È una tipa intenta a guardarsi allo specchio, il culo strizzato in un paio di jeans a vita bassa anni Duemila, che trovo davvero orrendi e antisesso.

Bianca attacca subito bottone con la ragazza – si chiama Erika, è alta un metro e ottanta e pesa sí e no quaranta chili –, io mi avvicino a un bancone dove una commessa sta sistemando un mucchio di vestiti.

– Avete per caso la 34 di questo? – dico, porgendole lo straccetto bianco.

Lei alza lo sguardo solo per un secondo, continuando a tenere la testa bassa.

– Tutte le taglie sono esposte. E comunque qui non si può sostare, devi attendere da un'altra parte.

Controllo l'orologio: le cinque e mezza. Direi che l'espiazione in questo luogo può considerarsi terminata. Torno davanti al camerino.

– Amore, dài. Prendi quello che ti piace e andiamo, facciamo tardi. Al massimo veniamo anche domani, – aggiungo, e mentre pronuncio queste parole penso di essere un vero idiota. Finisco sempre col fregarmi con le mie stesse mani. Bianca si riveste, e ne approfitto per andare in bagno: è la mia mossa segreta per evitare che si creino ambiguità alla cassa al momento di pagare. Ci rivediamo all'uscita del negozio.

– Quanto hai speso, alla fine? – le chiedo.

– Non tanto, – risponde. E so benissimo che, viste le dimensioni della busta, sta mentendo spudoratamente.

Arriviamo al *Bosco segreto* che sono le sei e mezza passate: colpa del traffico causato da un semaforo inutile all'uscita della statale. Per fortuna Bianca ha voluto prendere la sua Smart cabrio nera, sarà facile trovare parcheggio. Ha impiegato l'intero tragitto a provare outfit, cambiandosi con grande maestria sul sedile del passeggero mezzo reclinato. Ora sta completando un trucco degno di Moira Orfei: brillantini ovunque, sugli zigomi, sul naso, sul mento; una sfumatura sugli occhi con cinquanta tonalità di rosa, fucsia e viola; una pasta glitterata al peperoncino sulle labbra, per gonfiarle, e un tocco di profumo Miss Dior, il suo preferito. La macchina di Bianca è un furgone ambulante. «È importante avere sempre tutto a portata di mano», ripete, e per tutto intende davvero tutto: un intero set di deodoranti e acque profumate, pinzette, rasoi e altri accessori per la cura della persona, salviette umidificate, snack di frutta secca «per i cali di pressione, non si sa mai», chewing gum, caricabatterie, adattatori, persino un costume da bagno «nel caso si decidesse di fare una capatina al mare all'ultimo secondo». In passato mi è capitato di trovarci pure delle cose assurde, su cui ho preferito non indagare. Una sera, per esempio, cercando il telefono tra i sedili, ho afferrato una collana d'acciaio con un ciondolo a forma di piccola cannuccia con su scritto «Ibiza». Eppure, Bianca non c'è mai stata.

Il *Bosco segreto* è un posto vicino Roma con divani e teli bianchi sistemati su un prato verde all'inglese, aperto solo nelle giornate di sole in primavera, dove con trenta euro ti portano un maxitagliere misto, bevande escluse. Il tagliere, che conosco bene perché sono già stato lí in occasione di un paio di lauree, prevede: Panzanella datterina (pane ammollato nell'acqua, decorato con quattro pomodorini e un po' di basilico), Mattonella croccante (una frittata di patate riscaldata nell'olio), una selezione di salumi e formaggi francesi (scrivono «francesi», ma intendono del banco freschi del Lidl: chiunque riconoscerebbe il brie di Monte Porzio Catone), Mix di bruschette vegane (una con l'olio e il sale, una con il pâté d'olive e l'ultima con una cucchiaiata di peperoni sott'aceto). Sono mesi che Bianca ci vuole andare, di sicuro vorrà farsi fare dal sottoscritto un book fotografico tra le balle di fieno. Adesso che ha dei vestiti nuovi (duecentotrentacinque euro di toppini, magliette, gonne e tubini scollati) non sta piú nella pelle e, mentre cerco parcheggio, con la coda dell'occhio la vedo agitarsi sul sedile.

– Fa' attenzione, ti prego! – mi continua a rimproverare, forse me la sta ancora facendo pagare per la sparizione. – Attento alle buche che mi sto mettendo il mascar…

Non fa in tempo a finire la frase che un deficiente mi taglia la strada e mi costringe a inchiodare. Bianca si gira e mi guarda rabbiosa: ha uno sbaffo nero che parte dall'estremità esterna dell'occhio destro e finisce quasi sulla tempia. Le giornate storte sono cosí: possono solo peggiorare. La osservo, muto. So che l'unica mossa intelligente in questi casi è attendere. Mi fissa senza battere le palpebre, poi scoppia in una risata fragorosa. La sua risata. A volte Dio premia i suoi cavalieri migliori.

Prende un fazzoletto e si pulisce mentre entro in un

parcheggio a spina. Siamo pronti per andare. Chiudo i finestrini, spengo Radio Zeta e le do un bacio sulle labbra. Siamo di nuovo io e Bianca contro il mondo.

Non sono certo che quello che ci è stato assegnato si possa definire propriamente un tavolo.

– Venite vi accompagno, – ci ha detto poco fa una signorina con un forzato accento francese. Ci ha lasciati davanti a due sgabelli traballanti su un telone bianco. Gli sgabelli servono per sedersi, ma vedo che molti intorno a noi li usano per appoggiare cibo e bottiglie, e si siedono per terra. La maggior parte delle persone è vestita con colori pastello e ha occhiali da sole con un laccetto colorato, tipico accessorio prodotto in serie per i pariolini. Con il maglioncino blu della Fred Perry, il Barbour accuratamente ripiegato e portato sul braccio e le scarpe da barca rigorosamente senza calzini, mi sento a mio agio. Il panorama è spettacolare: siamo arrivati giusto in tempo per il tramonto, e Bianca con questa luce sembra una sirena. Ha due treccine che le scendono ai lati del viso, indossa un vestito a kimono verde chiaro e porta a spalla una bellissima Gucci Jackie 1961. Le borse da donna sono sempre state una mia passione. Le conosco tutte, tutti i modelli piú introvabili, tutte le collezioni vintage dagli anni Sessanta a oggi, non ce n'è una che mi sfugga: non sono gay (e questo ci tengo a precisarlo), semplicemente sono un amante del bello e la borsa è la massima espressione dell'eleganza, nonché della femminilità in una donna. Dalla borsa puoi capire tutto di una persona.

Davanti a noi, vicino all'ingresso, c'è un piccolo bungalow di legno dove si può ordinare: optiamo per una bottiglia di vino (hanno solo vini biologici) e il maxitagliere, per un totale di settanta euro (trenta di tagliere e quaranta di vino). Ci avviamo verso la postazione che ci è stata assegnata portando in mano due calici, una *glacette*, quattro posate, il tagliere, un cestino di pane, un piatto di bruschette e due piattini piú piccoli. Sembriamo due beduini carichi di mercanzia. Raggiungiamo i nostri sgabelli, sistemiamo le vivande, ci sdraiamo e ci abbracciamo sul nostro telone. Mi sento cosí fortunato che ho voglia di fare un brindisi. Verso il vino e mi schiarisco la voce: – Amore! Quanti anni è che stiamo insieme? Ormai siamo una cosa sola. Mi dispiace se a volte sono un coglione, ma tu sei tutto per me. Non potrei mai immaginare la mia v...

Vengo interrotto dal *clic* della fotocamera del telefono di Bianca, che non mi sta affatto ascoltando, intenta a immortalare il riflesso della luce nel calice mentre cerca la giusta angolazione per cogliere i raggi violacei del sole.

– Vai, vai, continua. Ti ascolto.

– Bia', scusa, ti stavo dicendo delle cose importanti...

– Amore, se non la faccio ora non la faccio piú. Adesso c'è la luce perfetta!

Decido di tagliare corto e passare direttamente al *cin*. Dopo neanche un paio di sorsi lei mi chiede di scattarle qualche foto. – Con la modalità notturna non vengono bene, invece ora è perfetto, – ribadisce. Fotografarla è un'attività parecchio snervante, Bianca è una persona ipercritica e so già che qualcosa la farà innervosire (un piede tagliato, un rotolino di troppo sulla pancia, un'espressione da «isterica depressa» della quale sarebbe stato il caso informarla per tempo). Stranamente, però, stavolta i primi scatti risultano abbastanza soddisfacenti. Guarda le duecento foto che le ho fatto (mi ha insegnato lei che «vanno scattate compulsivamente, tipo trenta al secondo») e mi dice: – Okay, grazie –. Poi prende il vino e guarda l'orizzonte. Mi sembra assorta nei suoi pensieri, non è da lei.

In ogni caso non ho intenzione di farmi coinvolgere nelle sue paturnie, ho ben altro per la testa: innanzitutto devo organizzarmi per prenotare il tavolo al *Mice* per questo week-end; poi devo ordinare su Amazon dei guanti per il bilanciere; infine, devo confermare a Paoletto la mia presenza al match di padel di domani.

Che bella, l'età adulta, soprattutto adesso che ho raggiunto il duro traguardo della laurea magistrale e mi sento finalmente sollevato da tutti i miei obblighi! Non vedo l'ora di essere sul traghetto per Mykonos circondato dai miei amici. Devo ancora capire come finanziare la vacanza (alla fine non credo riuscirò a ottenere piú di mille euro da mio padre, vista la sua ira alla scoperta del reale costo della festa di laurea), ma ho già qualche opzione in mente: mi prenderò altre due meritate settimane di riposo post-lauream e poi inizierò con i progetti lavorativi, quelli veri, quelli di vita.

– Quest'anno la vacanza a Mykonos sarà sgravata! Non ti senti carica? – cerco di coinvolgere Bianca col mio entusiasmo. Lei si sta tracannando la bottiglia di vino in tempi record, butta giú il terzo bicchiere con una foga inaudita. Sono incuriosito dalla sua sete, ma anche preoccupato per il secondo giro che mi toccherà pagare.

– Facciamo il panico, – risponde. Lo dice con tono serio, quasi assente, continuando a fissare un punto davanti a sé. Sembra posseduta. La sua voce non lascia trapelare gioia né tantomeno dolcezza per il sottoscritto. Si gira, mi guarda, e il viso le torna sorridente, come se l'ipnosi fosse finita: le rughe si distendono, gli occhi si socchiudono appena, le labbra sono di nuovo armoniche. Questa pischella alle volte mi fa paura.

– Che fico che partiamo, le altre stanno già pensando alle prevendite per le discoteche, – aggiunge. Poi torna a guardare il vuoto.

– A Bia', ma che c'hai?
– Niente.
– Dài, amore, che succede?
– Niente, giuro.
– Se stai cosí qualcosa ci sarà... Dài.
– Ti dico niente!

Sempre la stessa tiritera. Alla fine parlerà, lo so, e mi chiedo ogni volta perché prima debba snervarmi con inutili palleggi. In questo è perfettamente allineata con la maggior parte delle femmine, a cui piace attirare l'attenzione con richieste mascherate dietro un «niente», un «fa nulla», uno «sto bene». La cosa piú assurda è che se solo provi a cambiare discorso è finita. Non devi abboccare, devi proseguire dritto per la tua strada, fare domande, investigare, pena l'essere tacciato di «profondissimo menefreghismo».

– Insomma? Dimmi qualcosa!
– Sto bene.
– Dài, su!
– In effetti vorrei parlarti di una cosa.

Alleluja!

– A me puoi dire tutto, lo sai.

Bianca prende un bel respiro e si avvicina per guardarmi dritto negli occhi. Ha studiato Psicologia alla Lumsa e dopo la laurea specialistica ha iniziato un master in Psicologia del lavoro (il suo sogno è quello di diventare manager entro i trent'anni). Adesso è molto attenta alle modalità con cui affrontiamo le nostre questioni di coppia: «Dobbiamo mantenere un attaccamento sicuro» e altre frasi simili sono i suoi cavalli di battaglia, un attimo prima di snocciolare infinite lamentele sul mio conto.

– Allora. Qualche tempo fa ho letto un post di quella pagina che seguo, quella dove si parla di donne e spesso di relazioni amorose.

Questa storia non è neanche iniziata che già mi puzza.

– Freeda. Te la ricordi?

Appunto. Un profilo Instagram utilizzato principalmente per la sponsorizzazione di vibratori e pannolini a mutandina. Bianca ci è andata in fissa, e da quando ha cominciato a seguirlo parla solo di stronzate epiche come l'emancipazione femminile e di quanto il mondo sarebbe un posto migliore se fossimo tutti padroni di scegliere se farci crescere i peli sotto le ascelle (cosa che non mi sembra tanto un'espressione di libertà, quanto piú di scarsa igiene personale).

– Per fartela breve: ho visto questo post in cui una sessuologa spiegava come sarebbe liberatorio per ciascuno di noi superare il concetto di monogamia. Aspetta che te lo cerco... Quando sarà stato? Il 3 marzo?

La guardo muto mentre scrolla sul telefono un feed pieno di frutta a forma di genitali, disegni di tette e capezzoli e video di Taylor Swift che fa discorsi motivazionali, cercando di capire dove stia andando a parare il suo discorso.

– Oddio non lo trovo... – fa lei, lagnandosi, dopo cinque minuti buoni di ricerca.

– Vabbe', spiegamelo a voce, mo 'sticazzi del post.

– No, no, lo devi vedere, aspetta.

La ricerca riprende, come se le mie parole non fossero mai state pronunciate. E alla fine, dopo essere casualmente incappata in un video sulla straordinarietà dei cavallucci marini che si dividono il peso della gravidanza, trova quello che cercava. Gira il telefono per permettermi di vedere meglio. Sullo schermo compare una tizia con un look da Sailor Moon (capello giallo paglia – nel suo caso portato con un caschetto lungo fino alle orecchie –, mezzaluna tatuata sul collo; brillantini adesivi sulla fronte) che parla seduta su uno sgabello in una stanza che è un mix tra una casa delle Barbie e il set di *Squid Game*. Non capisco molto di ciò che sento, anche perché sono troppo preso dai baffetti puberali della tipa che si muovono su e giú a ritmo di musica. «Concentrati, – penso. – Devi concentrarti». Finalmente riesco a connettere. «Non è vero che siamo delle mele e che dobbiamo trovare la nostra metà». La tipa ha un tono supponente e un'aria da maestrina parecchio odiosa. «Spesso ci viene detto che le cose si fanno in due, ma chi lo decide?» È senza dubbio la frase ripetuta piú volte da questa versione cattiva di Sailor Moon nei primi venti secondi. «Tante coppie non sono del tutto sincere e spesso si mente per non deludersi». Bianca guarda il video entusiasta, manco stesse ascoltando la Parola di Dio. L'unica riflessione che mi viene da fare è che il tema delle bugie è di sicuro qualcosa che vorrei affrontare con lei, la mia cara Miss Pinocchio. La tipa sta concludendo, ci lascia con una frase a effetto: «L'amore si moltiplica, non si divide». Dopo questa massima degna di Osho parte un beat ritmato che chiude.

– Bello, eh?

– Be'... Sí, dài, interessante –. Non so proprio che dire. Spero che Bianca inizi a parlare prima che il mio silenzio si faccia troppo lungo.

– L'hai sentita? L'amore è infinito. Sono proprio d'accordo.

– No, ma infatti. Pure questa cosa del non mentirsi...

– Amore, io ci ho pensato, – Bianca mi interrompe mentre parlo, è un vizio che ha da sempre. – Adesso ne so qualcosa in piú sulle relazioni e non credo sia del tutto sbagliato.

– Sbagliato?

– Come diceva Freud: i costrutti sociali ci imprigionano. Se vogliamo essere davvero liberi...

– Ma liberi de che? – oso chiedere a questo punto.

– Dovremmo diventare una coppia aperta. Ecco, l'ho detto. Scusa, ma non potevo piú tenermelo dentro.

– Ma aperta a cosa, Bia'?

– Aperta al mondo, alla vita. Smettiamola di vivere nella paura: essere liberi è la piú grande forma d'amore.

È impazzita. Me l'aveva detto, Jacopino, quando eravamo ancora tra i banchi di scuola, che Psicologia è una facoltà pericolosa, ma pensavo che al massimo mi sarei ritrovato a farmi leggere l'oroscopo ogni mattina.

– Ma che stai dicendo?

– Ci ho pensato, mi sono documentata, ho approfondito. Il professore di Psicologia sociale una volta ci disse che l'amore è cosí: piú ne dài, piú aumenta. Ora finalmente l'ho capito. Se ci aprissimo ad altre persone, ne guadagneremmo entrambi. Adesso sei contrario perché si tratta di uscire dalla tua *comfort zone*. È comprensibile. Ma vedrai che…

– Ma vedrai, cosa?

– Dovremmo iniziare a mettere da parte la gelosia e andare a letto con altre persone. Potrebbe essere davvero il meglio per entrambi. Perché precludersi questa possibilità, se…

– E magari hai anche già in mente quali potrebbero essere queste persone, vero?

'Sta cretina crede di farmi fesso, ma fesso non sono, e stavolta non mi lascerò trattare come un coglione. Sono anni che la osservo, che studio le sue espressioni, che seguo i suoi sguardi, che mi chiedo perché il fisioterapista debba andare a casa sua ogni martedí anziché andare lei in ambulatorio come chiunque. La mia fidanzata vorrebbe chiamare «coppia aperta» quello che a tutti gli effetti è un tradimento dichiarato. E, per farmi cornuto, vorrebbe pure la mia benedizione. Sono passato sopra a milioni di cose, ma non passerò sopra a questo. Non me lo merito:

sono sempre stato un fidanzato modello, forse un po' distratto, ma mai meschino o ipocrita.

– Bianca, – la voce mi trema, gli occhi si stanno a poco a poco bagnando e l'ultima cosa che vorrei fare ora è piangere. – Ma tu mi tradisci?

– Amore! – sbarra gli occhi da cerbiatto. – Ti giuro su Dio, non l'ho mai fatto in vita mia, – e mentre lo dice si bacia le dita incrociandole davanti alle labbra. Poi fa anche finta di tamponarsi una lacrima sotto l'occhio, che però mi sembra perfettamente asciutto.

– Bia', non so' piú sicuro di niente. Alla mia laurea, con quei pischelli, per esempio... A me non sembra un atteggiamento tanto normale.

– Amore, ancora con questa storia? Ne abbiamo già parlato. Ti devi fidare di me. Sono una donna libera e devi accettare la mia indipendenza. Non è colpa tua, lo capisco: a volte gli uomini vengono educati credendo che le donne siano un oggetto in loro possesso, ma non è cosí.

– Bianca, smettila. Non c'entra niente l'essere uomini col chiudersi in un cesso a pippare con due fuorisede il giorno della mia festa di laurea.

I toni si stanno alzando, ma non mi importa. Se dobbiamo decidere le sorti della nostra relazione voglio essere onesto fino in fondo. Conosco Bianca da una vita. Ho imparato a starle vicino, l'ho vista crescere e trasformarsi. D'altronde è normale: quando ci si mette insieme da ragazzini si dànno per scontate tante cose. A un certo punto, però, è inevitabile chiedersi se le persone che stiamo diventando siano ancora giuste l'una per l'altra.

– I miei amici me lo dicevano che eri una zoccola, e io non ci ho mai voluto credere. Fino a oggi. Quando mi innervosivo per qualcosa pensavo fosse solo nella mia testa, pensavo di essere il solito esagerato. Non ho mai guardato una ragazza come guardo te. Certo, forse c'è stato qualche episodio goliardico in discoteca, qualche messaggio da ubriaco, ma lí finisce. Anzi, te la dico tutta: la volta a casa della mia amica dell'università, Cristina, te la ricordi? Sí, ci sono andato, è vero. Ma quando ho capito che aveva strane intenzioni ho finto di ricevere una chiamata e mi sono inventato un impegno. Poi sono scappato via. Ecco, ora sai tutto, proprio tutto, su questi dieci anni insieme. Di te, invece, non penso di poter dire lo stesso.

Sto per arrabbiarmi sul serio, ma non posso dare in escandescenze: dimostrerebbe la mia fragilità e io invece devo mantenere il punto.

– Amore, mi stai facendo gaslighting forse? È una cosa molto grave.

Da quando si è fissata che voglio approfittarmi di lei e della sua fragilità io e Bianca non abbiamo piú conversazioni normali. Farmi sentire sbagliato perché non so nulla sugli ormoni della gravidanza è il suo unico argomento. Ma la verità è che non credo che aver pagato quindicimila euro per dare due esami sulle fasi anali dei bambini l'abbia resa un'esperta di psicologia maschile o di relazioni. Né tantomeno l'aver seguito un paio di seminari su quanto sia frustrante essere donna nel mondo del lavoro di oggi.

– Tu non mi vedi come una persona degna di essere ascoltata, – ribatto. – Pensi che sia un fesso a cui far pagare quaranta euro di vino per poi obbligarlo a sorbirsi le tue folli idee sul sesso occasionale e sul tradimento. Vuoi scopare con altra gente? Benissimo. Ma ti toccherà farlo senza di me.

Tiro su col naso, mi asciugo gli occhi con una manica e mi ricompongo, accendendomi una sigaretta. Posso perdere tutto, ma non la dignità.

La donna davanti a me ora se ne sta muta, senza emettere un fiato. Sembra stupita, forse era convinta di potermi far digerire l'ennesimo capriccio. Ma anni e anni di rancore accumulato stanno venendo a galla.

Ricordo ancora un'estate in vacanza con i miei genitori a Tortoreto. Eravamo in un villaggio sul mare. Io e Bianca avevamo fatto amicizia con un gruppo di animatori del posto e tutte le sere, dopo la baby dance, ci vedevamo in spiaggia per bere qualche birra e fare due chiacchiere intorno a un falò prima di andare a letto. C'era anche un tipo, Jonathan, un rumeno di trentacinque anni con il cappelletto della New Era incollato in testa e le canotte larghe. Sembrava davvero divertito da Bianca, e la guardava in un modo che mi faceva impazzire. Credevo che la mia fosse solo una gelosia infondata, ma un paio di indizi mi confermarono che c'era qualcosa di losco: per prima cosa il rumeno chiamava Bianca al telefono tutte le sere e lei davanti a me non rispondeva mai. Inoltre, un giorno la trovai in bagno, seduta sul bidet, impegnata a scattarsi delle foto. Mi giurò e spergiurò che stava per inviarmi «un contenuto molto hot» su Telegram, incolpandomi di aver rovinato la sorpresa. I dubbi ovviamente sono rimasti. Fino a oggi, su questo telone al *Bosco segreto*. Il ricordo di Jonathan, delle sue canotte, della sua voce profonda e del suo accento senza doppie è piú vivido che mai e mi dà la giusta forza per compiere un ultimo passo.

– Bianca, io ti amo, ma una coppia aperta non posso accettarla. Se non puoi farne a meno, dovremo prendere strade diverse.

Lo dico sicuro di me, ma un secondo dopo mi sono già pentito. Il primo pensiero va alla vacanza. Come faremo a Mykonos? Come faremo con i nostri amici? La mia vita cambierebbe per sempre.

Bianca, che è una persona molto orgogliosa e non accetta che le venga detto quel che deve fare, si alza furiosa e comincia a camminare sbilenca (forse anche per colpa del vino) verso la macchina, dove credevo che avrebbe avuto luogo il secondo round della discussione. Invece, una volta arrivati alla Smart apre la portiera, sale e accende il motore. Le dico di smetterla di comportarsi come una bambina, ma niente. La vedo smanettare con lo stereo e digitare qualcosa sul telefono. Dall'interno dell'abitacolo partono a volume altissimo le parole di una canzone dei Negramaro.

«In bilico, tra santi e falsi dèi».

Abbassa il finestrino e sistema lo specchietto. La musica ora si sente ancora piú forte.

«Sorretto da un'insensata voglia di equilibrio».

Mette la prima.

«E resto qui, sul filo di un rasoio, ad asciugar parole che oggi ho steso e mai dirò».

Parte. Piano, poi accelera di botto.

Provo a correrle dietro prima che sfrecci via sollevando una nube di polvere. L'ultima cosa che vedo di lei è un medio dal finestrino. La sento in lontananza cantare a squarciagola: «Non senti che tremo mentre canto».

Rimango solo, al parcheggio del *Bosco segreto*, seduto su un marciapiede. Davanti a me, ragazzi sorridenti si avviano verso il vialetto d'ingresso mano nella mano con le loro fidanzate. E pensare che fino a poco fa anche io ero uno di loro. Provo a telefonare a Bianca, quantomeno per cercare di convincerla a riportarmi a casa. Dopo vari tentativi senza risposta e un paio di messaggi in segreteria inizio a preoccuparmi per il mio ritorno. Controllo sul telefono se c'è una stazione del treno raggiungibile a piedi: la piú vicina dista cinque chilometri. Non mi resta che sentire mia sorella, sperando che possa venire a recuperarmi e non sia costretto a chiamare mio padre. Non ho voglia di condividere con lui o con mia madre il drammatico momento che sto attraversando.

Per fortuna Silvia è in giro con le amiche e dice che può raggiungermi in una mezz'ora. Quando arriva mi trova seduto su un marciapiede, ormai è buio pieno.

– Silvia! Menomale che sei arrivata, cazzo, qua inizia a fare pure freddo...

– Ma che è successo? – chiede mentre salgo in macchina.

– È finita. È finita –. Lo ripeto due volte, piú per convincermene io che per dirlo a lei.

– Andrà tutto bene. Bianca è fatta cosí, lo sai, vedrai che le cose si risolvono.

Sono contento di non doverle dare ulteriori spiegazioni.

La strada corre veloce, imbocchiamo la statale da cui sono venuto sulla Smart di Bianca, ma ora tutto mi appare diverso, anche le luci dei semafori scandiscono un tempo che non è piú quello di prima. È un tempo lento, che sembra non passare mai, quello della mia vita senza Bianca. Guardo Silvia, che ancora guida male, come quelle che hanno la patente da pochi anni e non riescono a scalare bene le marce. La sorella è davvero l'unica vera amica di un uomo.

Il lavoro (parte prima)

Fare il cash

Mi sono lasciato con Bianca dopo dieci anni insieme e ciò avrà gravi conseguenze nel riassestamento del mio gruppo di amici. Certo, mi sono anche laureato, ma che me ne faccio di un pezzo di carta se non ho obiettivi, non ho motivazioni per il futuro, non so se diventerò padre né se avrò una casa o una famiglia. Inoltre, sto scrollando su Instagram come un pazzo perché sono due giorni che Bianca non pubblica niente. Non so dove sia, cosa faccia... Forse starà soffrendo molto pure lei, d'altronde sono stato l'uomo piú importante della sua vita.

Il mio feed è pieno di gente che approfitta delle prime giornate calde dell'anno per fare scampagnate fuori porta. Principalmente gruppi di amici che vanno a mangiare la cacio e pepe mantecata direttamente nella forma del parmigiano in una qualsiasi fraschetta dozzinale dei Castelli. Altri ancora si localizzano a Civita di Bagnoregio, come se nessuno di noi sapesse riconoscere quel panorama col ponte pedonale e la cittadella arroccata su una collina, ormai cosí sputtanato. Molti sono in macchina e cantano Califano, tutte persone che conosco bene, ma non abbastanza per farmi invitare a trascorrere qualche giorno con loro. I famosi figli di ristoratori col bulldog francese.

Osservare le vite degli altri è uno sport pericoloso. L'iniziale godimento dato da una strana assuefazione allo schermo viene solitamente rimpiazzato (in meno di dieci minuti) da sentimenti come l'amarezza e l'invidia. Boomerang di tipe che fanno *cin* con le flûte di prosecco sulla barca mi accompagnano mentre sprofondo sempre di piú nel divano, fin quasi a scomparire, risucchiato dai maxicuscini in ecopelle di mia madre. Raccolgo da terra il computer, con l'intenzione di spararmi una nuova serie tv (potrei iniziare *The Last of Us*, ora che ho finito il videogioco) o forse solo fare zapping su Sky Go alla ricerca di qualche rassegna sulle ultime giornate di campionato, ma l'occhio mi cade sulla casella della posta elettronica: c'è una notifica rossa. Strano. Molto strano. Non utilizzo piú le e-mail da quando ho consegnato la tesi (che mi ha aiutato a scrivere Silvia, per inciso). Clicco sull'icona e appuro che, sí, in effetti c'è un messaggio non letto. L'oggetto recita: «Colloquio conoscitivo presso Wms – Roma».

Sono confuso. Forse si tratta di uno di quei messaggi pubblicitari che mandano a chiunque. Aprendo l'e-mail, però, mi accorgo che è destinata proprio a me: in testa ci sono il mio nome e cognome e mi viene chiesto di recarmi all'ufficio risorse umane in via Cristoforo Colombo 26, tra due giorni. Mi giro e mi rigiro sul divano, interrogandomi su come sia potuta accadere una cosa del genere. Innanzitutto, chi cazzo sono questi? E poi, come è possibile che mi abbiano contattato «a seguito della mia candidatura per la posizione di Junior Social Media Specialist»? Nel dubbio, butto giú una rapida risposta senza pensarci troppo.

Gentile signorina,

non mi interessa sapere chi vi ha dato il mio contatto perché non vorrei sollevare diatribe legali. Tuttavia, vi chiedo cortesemente di non importunarmi piú con inutili mail indesiderate, e vi chiedo anche di cancellare il mio contatto dai vostri databank. Se questo non dovesse succeder…

Tin. Il telefono si illumina, è un messaggio di mia madre che mi chiede se ci sono a cena. Nell'ultimo periodo si sta accollando davvero troppo, non mi molla un secondo, soprattutto ora che sono disoccupato.

Qualche giorno fa, mentre stavamo mangiando un'insalata di riso al sapore di scatolame, mi ha incastrato nell'ennesimo discorso ansiogeno su cosa ho intenzione di fare adesso che ho terminato gli studi, su come impiegherò le mie giornate ora che – e qui cito testualmente – «sono diventato grande e non ho piú tempo per giocare». Quando parla con me mamma ha sempre il fiatone e un tono accorato. Aspira tutte le parole e boccheggia, come se di punto in bianco non le bastasse l'aria.

– È il momento di inviare delle candidature, di fare colloqui... Mi pare di averti già chiarito che noi non ti manterremo a vita.

Certo che lo ha chiarito. Eccome.

– A ma', basta co' 'sta storia.

– Bel modo, questo, di rispondere a tua madre. Ma tanto io ormai ci sono abituata. Eh sí. Ah, tornassi indietro...

Il copione lo conosco bene, si ripete sempre uguale. Prima c'è l'educazione: «Io non ti ho cresciuto cosí»; «Non so proprio da dove sei venuto fuori». Poi il vittimismo: «Ci sono abituata»; «Non mi stupisco piú di nulla». Infine, arriva il rimpianto dei tempi passati: «Tornassi indietro»; «Se mi avessero detto che sarebbe stato cosí»... Altre due forchettate di riso e mi avrebbe vomitato addosso di nuovo anche l'esame di maturità e quanto è stato difficile per loro accettare un misero sessantadue. Le storie di mamma di solito proseguono con esempi di ragazzi, amici, figli di colleghi, vecchi compagni di scuola che hanno avviato una carriera coi fiocchi e da cui dovrei prendere ispirazione.

– Comunque, c'è il figlio di questa mia collega, Sabrina, te la ricordi? Vabbe', suo figlio, Giacomo, mi pare, si è laureato a gennaio in Economia, come te. Neanche aveva discusso la tesi che già lavorava. In un'azienda. Non so nello specifico di cosa si occupi. Però so che lo pagano abbastanza bene e gli dànno pure i buoni pasto.

– So' proprio da poveri, i buoni pasto, ma', – mi sono limitato ad annotare, con tono svogliato.

– Ah, be', certo, a te fanno schifo. Tanto, che te ne frega. Qui siamo noi che ci spacchiamo in quattro per arrivare a fine mese.

– Mamma… Si può sapere che vuoi? – l'ho vista cambiare espressione e assumere una postura meno ringalluzzita. Un po' mi teme.

– Hai quasi trent'anni…

– Ventotto.

– Vivi ancora con noi come se ne avessi sedici. Ti stiro i vestiti, ti compro le mutande… Insomma, io mi sarei scocciata. Ho visto un TikTok dove questo psicologo spiegava che nei maschi è normale maturare piú tardi: la vostra corteccia cerebrale non si sviluppa velocemente come quella di una donna. Però cosí non è possibile. Ho fatto qualche ricerca su quei siti di annunci di lavoro. I laureati in Economia sono molto richiesti, sai? Perché non ti candidi per un colloquio? Magari ti do una mano… Altrimenti possiamo sempre chiedere a Salvatore, il collega di tuo padre. Sai, lui ha tante conoscenze, forse può aiutarti. Suo cugino sta cercando un contabile…

Un'altra volta la storia sul cugino di Salvatore con l'emporio a Tiburtina. – Ti spiego, madre. Non farò mai il contabile. Sappi che ho la situazione perfettamente sotto controllo. Ho preventivato qualche settimana di meritato riposo, poi procederò con le ricerche lavorative.

A questo punto del pranzo credo di aver iniziato a scrollare su Instagram, mettendo il cervello in modalità off. Non posso scongiurare l'ipotesi, però, che per levarmela di torno io abbia detto qualcosa del tipo: «Se vuoi inoltrare le mie candidature perché non hai niente di meglio da fare, procedi pure. Ti autorizzo. No problem». (E in effetti non la posso scongiurare, perché lo so bene, le ho detto proprio cosí).

Cancello rapido la risposta che avevo preparato. Il ricordo della conversazione mi fa sorgere il dubbio (o forse è piú una certezza) che questa mail non sia spam. Aspetterò stasera per approfondire. Devo avvisare che non potrò partecipare alla pizzata delle medie al *Gallo giallo*: ho bisogno di parlare con mamma.

A cena siamo solo io e lei. Mio padre è da sua madre, mia nonna, per il solito appuntamento settimanale con «i cannelloni piú buoni del mondo». Mamma non è mai troppo entusiasta di andare ai raduni familiari con papà, credo per motivi di invidia legati alle capacità culinarie delle donne con cui lui è cresciuto (la madre e la sorella), oppure perché una volta, al telefono, le ha sentite darle della pezzente (probabilmente qualcuno si era scordato di riattaccare). Silvia è al Cinema della Piazza, una roba organizzata da un gruppo di comunisti col Rolex che proiettano film francesi facendo sedere la gente sui marciapiedi. Si stanno preparando all'organizzazione della prossima stagione estiva. Penso che abbia una cotta per uno dei tipi che acchitano gli eventi, perché sta sempre là e sono diversi giorni che ha preso a parlare di critica cinematografica. Tipico di mia sorella, assecondare le follie di qualche megalomane.

Dalla cucina proviene un forte odore di piedi. Da qualche tempo mamma si è fissata con il fusion food. Credo che la passione le sia venuta «grazie» ai video tutorial su You-

Tube di un cuoco giapponese. Ora ci propina abominevoli ricette cinesi almeno due volte alla settimana. Oggi sono fortunato perché si tratta di pollo al curry, che alla fine ha un sapore accettabile e soprattutto va bene per la mia dieta post-allenamento. Affacciandomi in cucina la vedo seduta al tavolo, è intenta a scrollare la home di TikTok mentre aspetta che il pollo cuocia. Una musica risuona per la stanza e lei ha un sorrisetto ebete.

– Oh, eccoti. Apparecchia che è pronto.

Intanto continua a tenere lo sguardo incollato sullo schermo mimando i gesti della dodicenne ballerina.

Mentre mangiamo mi parla principalmente di mia sorella, di quanto sia brava con questi bambini a cui fa da babysitter, di quanto è portata per la maternità, cosí come per la letteratura, di quanto le stiano bene i pantaloni a vita alta che le mettono in risalto le gambe lunghe. Silvia è un po' un'ossessione, per i miei genitori. Di quelle fisse a cui non puoi fare a meno di pensare. È un tormentone estivo che rimane alto in classifica pure d'inverno. Le voglio bene, sia chiaro, ma la sua figura è un tantino ingombrante.

– Ti ricordi di quella volta che le hai rotto un braccio? Avrà avuto, quanto? Quattro anni?

– Tipo otto.

– Lei è stata cosí carina da non fartelo nemmeno notare.

– Non l'ho fatto apposta, stavamo giocando ai rigori.

– Sei proprio fortunato ad averla come sorella.

– Anche lei è fortunata ad avermi come fratello.

– *Mh*. Sí.

Non mi interessa controbattere, ci sono abituato, non si può competere con la perfezione. E poi devo trovare il modo di arrivare al punto, che è anche l'unico motivo per cui sono ancora seduto a questo tavolo: la mail del colloquio.

Mamma mi chiede se voglio altro pollo. Rispondo di

no. Se mangio troppo, in primavera mi viene la nausea, soprattutto quando ho tanti pensieri per la testa.

– Con Bianca cosa è successo?

Ecco, appunto.

– Mamma, senti, ho ricevuto una mail per un colloquio di lavoro…

– Oddio, ti hanno preso? È un miracolo!

– Lo sapevo che eri stata tu.

– Devo chiamare tuo padre. Sai che gioia!

– Sei stata tu o no?

– Ci devi andare.

– Ma col cazzo. Voi state fuori.

– Fuori ci starai tu, di casa. E molto presto. Che gioia!

– Come ti sei permessa… Ti denuncio! Hai rubato i miei dati, credo ci siano tutti i presupposti per parlare di furto d'identità. Forse se mi rivolgessi alla polizia postale…

Mamma ride, è euforica. Prende il telefono, non mi sta neppure ascoltando. Vorrei urlarle contro quanto mi soffochi, quanto vorrei solo sentirmi rispettato, come un adulto, per una volta nella vita, e vorrei anche dirle quanto le stia male quella camicia sintetica dell'Upim da quattro soldi. Ma quando sto per aprire bocca lei dice qualcosa, una banalità, che però mi fa fare un passo indietro.

– Pensaci bene, potrebbe essere un bel posto fisso.

Per un attimo taccio, perché il suono di queste due paroline messe insieme («posto» + «fisso») provoca in me una sensazione di calore. In effetti non ci avevo pensato: esistono ancora persone al mondo che ti pagano per non fare un cazzo. C'è un film di Checco Zalone che è una sorta di vademecum per me, l'avrò visto cento volte. Di sicuro non sono nato per essere un italiano medio e mediocre, ma il posto fisso, quello con gli orari ridotti (come li fa mamma al municipio) e il cartellino timbrato per finta, consente a molte persone di realizzare i loro sogni mantenendo una buona base di partenza. Non posso rischiare di perdere un'opportunità del genere. Tentar non nuoce.

– D'accordo, farò il colloquio. Ma sappi che se non mi prendono siamo a posto cosí. Non devi piú rompere.

Oltretutto, dare ascolto a quella minuscola briciola di senso di responsabilità che ho nel cuore mi legittimerebbe a vivere un'intera estate nella nullafacenza. Senza contare che i social network mi piacciono, e questa, se andasse in porto, potrebbe essere una buona possibilità per il futuro. Allo stato attuale delle cose ho un disperato bisogno di liquidità. In primis, la vacanza a Mykonos: è vero, il piano per la prima volta in dieci anni sta naufragando, sul gruppo latitano tutti, sospetto che non se ne farà piú niente. Ma in vacanza comunque ci si andrà, e i soldi per quello mi serviranno in ogni caso. E poi i tatuaggi non si pagano da soli e il mio progetto per il braccio destro, la pietrificazione di Medusa, è a carissimo amico. A questo scenario si aggiunge una riflessione triste ma doverosa: l'eventualità di arricchirmi con i bitcoin è ancora parecchio lontana dal diventare realtà. Circa tre anni fa, io, Jacopino e Paoletto abbiamo iniziato a investire nel trading online, dopo esserci imbattuti in alcuni video di finanza sponsorizzati su Instagram. I primi soldi che ho impiegato li avevo ricavati dallo scioglimento di una collana d'oro del battesimo regalatami da zia Anna, all'epoca deceduta da poco (potete solo immaginare il valore simbolico che acquisí quel pezzo e cosa successe quando mamma scoprí l'accaduto). Mi avevano dato cinquecento euro e mi sembrava una cifra enorme (oggi, davvero, non lo rifarei). Per almeno un intero semestre io e i miei amici non avevamo fatto altro che parlare di criptovalute, mining e trading. Addirittura avevamo smesso di frequentare le lezioni all'università per dedicarci h24 allo studio del mercato finanziario globale. Le storie di persone che si erano arricchite molto velocemente investendo in bitcoin giapponesi ci avevano gasato a tal punto da farci richiedere piccoli prestiti a fidanzate e nonni, promettendo un interesse del venticinque per cento. Purtroppo, il prezzo della moneta che avevamo scelto è sceso in fretta, e nel giro di qualche settimana i nostri sogni si sono infranti. Ma il mercato finanziario è un oceano pieno di squali e bisogna essere perseveranti e resistere se si vuole raggiungere l'obiettivo (noi ci siamo posti quello del milione entro i trent'anni). Il piano non è morto: è stato solo messo in pausa. È una battaglia aperta, ma richiederà piú tempo del previsto.

Per un uomo la ricchezza è tutto. Fare il cash è il mio principale obiettivo nella vita. I miei genitori questo non lo capiscono perché mi vedono sempre a casa e poco interessato alle loro proposte lavorative, ma vorrei spiegare a entrambi che il non umiliarsi con occupazioni deplorevoli è la prima regola per il successo. L'essere destinato a un'esistenza da povero è un pensiero che cerco di evitare, perché mi fa paura.

Voglio sognare in grande, non accontentarmi. Sono uno a cui piacciono le cose belle: è forse un peccato? Il problema dei soldi è che li fa sempre chi già li ha, forse perché per essere ricchi bisogna avere una mentalità da ricchi e quindi chi lo è sa come incrementare la ricchezza. Noialtri, invece, dobbiamo imparare a lottare, andare in palestra, temprarci, accogliere le sfide e fare della competizione uno stile di vita: solo cosí potremo accedere al mondo dei *big money*. Anche le donne guardano in maniera diversa un uomo con i soldi. Mia sorella sostiene che non è vero, ma la mia argomentazione resta tutt'oggi inconfutata: nessuno ha mai visto una fregna uscire con un insegnante. A Bianca i soldi piacevano eccome, e forse, tra le ragioni per cui tra noi è finita, c'è pure che il mio reddito doveva occupare una posizione piú alta in classifica.

È arrivato finalmente il giorno del colloquio nella sede di Wms Roma. L'ufficio si trova a un'oretta da casa mia e per arrivare devo cambiare due autobus e prendere due linee della metropolitana, cosa che mi innervosisce non poco. Per l'occasione ho deciso di indossare l'abito della laurea, un completo di Guess blu che mamma ha dovuto lavare a secco dopo la festa (era stato colpito da vari schizzi di vomito). Ai piedi ho delle Clarks Craftdean nere, semplici e formali. Ho messo anche i miei migliori occhiali da sole, dei Moscot Lemtosh Blonde, pagati la bellezza di trecentoventicinque dollari, a cui si sono aggiunti cento euro di dogana chiesti dal corriere a mio padre direttamente sulla soglia di casa. Fa calduccio sotto la giacca, anche perché siamo a giugno e a Roma ci saranno quaranta gradi. Durante il tragitto tengo la camicia sbottonata e mi asciugo piú volte il sudore dalla fronte. Ma niente è piú importante dello stile, dovrebbero passarmi sopra con un carrarmato per farmi rinunciare alla mia eleganza.

Sono parecchio in ansia: non mi piace l'idea di essere giudicato, in fondo so che gli altri hanno sempre qualcosa in piú di me. Stavolta però devo smettere di agitarmi e affrontare la prova, se non voglio essere tacciato di comportarmi come un cagasotto e diventare un emarginato sociale. Per giungere al piano indicato nella mail prendo l'ascensore. Salendo mi specchio e mi convinco che sono davvero bello con questo outfit, il sacrificio vale la pena. Se solo Bianca potesse vedermi ora: un uomo in carriera che sbriga le quotidiane pratiche di lavoro. Credo che per lei sarebbe un vero tormento sapere di non poter piú essere la mia donna. A questo proposito, mi scatto un selfie a figura intera da postare sulle *stories* di Instagram. Speriamo lo veda. Caricandolo aggiungo gli hashtag #business e #nonsimollauncazzo.

Le porte si aprono e di fronte a me compare un lungo corridoio. Lo percorro sinché in fondo sulla destra non noto l'insegna in pvc «Wms – Roma» appesa accanto a due vetrate scorrevoli. Le oltrepasso e al bancone dell'accoglienza mi imbatto in una signorina con i capelli piastrati e le unghie sgargianti che mi chiede chi sono con un'aria supponente. Che maleducata, avrebbe dovuto informarsi meglio sugli appuntamenti di oggi, anche perché sono un dottore e non piú un misero studente universitario fuoricorso a cui ci si può rivolgere con questo tono.

– Sono il dottore, sono qui per il colloquio.

Amo questa parola e l'aria da saggio che mi conferisce. Qualora dovessero assumermi mi farò fare di sicuro una targhetta «Dottore in Economia» da tenere sul tavolo accanto al portatile, o forse addirittura solo «Economista», devo ancora decidere. La tipa mi fa sedere su un divanetto e mi dice di aspettare, senza offrirmi neanche un caffè o un bicchiere d'acqua. Su una delle pareti della sala è affissa una gigante scritta adesiva: «Better done than perfect». Bellissima frase. Credo di averla già letta da qualche altra parte, forse in *Rivoluzione Bitcoin*, un libro su cui mi sono formato qualche tempo fa. Da una delle porte chiuse che dànno sull'atrio vedo uscire un ragazzo seguito da una signora grassoccia. Lei lo sta congedando.

– Ti faremo sapere, allora! Grazie.

Lui è bruttissimo. Ha l'acne su tutto il viso e i capelli lunghi e unti. Chi vorrebbe lavorare con una persona del genere? Nessuno, ecco chi.

Poi la tipa piastrata mi indica e dice: – È il prossimo.

La signora cicciona mi rivolge uno sguardo cordiale. – Vieni, prego. Possiamo darci del tu?

Mi fa cenno con la mano e mi invita a entrare nella stanza da cui è appena uscita. È sorridente. Si chiama Barbara, è sulla quarantina, bassetta, e si muove con passi piccoli e rapidi. Mentre richiude la porta alle mie spalle mi spiega che il team social gestisce principalmente campagne per clienti esterni e che la mia presenza sarebbe richiesta subito, «vista l'estrema urgenza causata dalla maternità di una delle impiegate del team». Già da questa prima impressione Barbara mi sembra abbastanza nella merda: tipico delle donne, farsi ingravidare alla sola vista di un contratto a tempo indeterminato.

– Non c'è problema, io non sono cosí.

– Cosí, come?

– Uno di quelli che si approfittano della fiducia altrui.

– Cosa intendi?

– Lasciamo stare. Ci siamo capiti.

Barbara annuisce in modo gentile e mi invita a sedermi alla scrivania. La stanza è spoglia e asettica. Un'altra scritta adesiva decora la parete opposta alla porta: «Se la gente parla male di te, vivi in modo tale che nessuno possa crederle». Stupenda, molto schierata. Mi fa pensare a quanto il mondo sia crudele con i piú buoni e a quanto sia difficile farsi conoscere per ciò che si è. Barbara si deve essere accorta della mia distrazione, perché rivolge una breve occhiata alle sue spalle, guarda la scritta e dice: – Penso sia molto liberatorio vedere le cose sotto questa luce. Siamo noi a decidere chi vogliamo essere.

Questa donna mi piace, pensa con la sua testa. Secondo me è fascista. Lo intuisco dal suo sguardo severo, dallo smalto nero e dalla foto del pastore tedesco che tiene sulla scrivania accanto al computer. Per queste cose ho un sesto senso. Mi spiega che è lei a capo del team (evito di comunicarle quanto mi colpisca questa notizia), poi comincia a darmi una serie di informazioni confuse sul contratto. Non ci capisco molto, riesco a captare solo dei concetti chiave: «stage», «rimborso spese», «full time», «possibilità di rinnovo».

Mi stupisce la rapidità con cui nel giro di qualche minuto è già passata a definirmi «un potenziale nuovo dipendente». Non sembra molto interessata alle mie competenze, piuttosto sembra quasi frettolosa di avermi a bordo. Forse ha percepito in me quello che molti si rifiutano di vedere: uno che ha realizzato un punteggio di 139 al test del quoziente intellettivo (sí, l'ho fatto qualche mese fa su Facebook).

Barbara va avanti con le clausole contrattuali, ma a essere sinceri di quello che mi sta dicendo me ne frega ben poco. Per me questo contratto è carta straccia: niente e nessuno potrà mai vincolare la mia libertà. Penso solo a due cose: a. finalmente qualcuno si è reso conto del mio valore; b. avrò quattrocento euro al mese per starmene seduto alla scrivania di un qualche ufficetto col condizionatore. Mi sento sollevato e mi dispiace ammetterlo: mamma, avevi ragione. Ora che sono qui l'idea del lavoro non mi spaventa piú come prima, anzi, a dire il vero sono quasi contento di cominciare.

Alla fine decido di accettare, il contratto da stagista prevede una borsa di studio di sei mesi convenzionata con la Regione. L'azienda che mi assume non caccerà una lira per il mio operato. A differenza di molti miei coetanei che si stanno sempre a lamentare delle condizioni lavorative, non sono arrabbiato. Essere dei veri imprenditori significa utilizzare lo Stato a proprio vantaggio e quindi, per quanto mi riguarda, la Wms è una grande azienda. Nel contratto c'è anche scritto che non sono previste ferie, ma questo è tutto da vedere: sono sicuro che Barbara capirà quando le racconterò di Mykonos, di Bianca, del mio gruppo di amici e di quanto sia importante l'estate per noi.

Il mio team è composto da tre femmine e un maschio, ovvero il sottoscritto. C'è Bi (sarebbe Barbara, ma a me piace chiamarla Bi), che nonostante sia grassa è la mia preferita. Non solo mi ha scelto, ma continua a dire che sono (e credo non in modo ironico) la loro «salvezza», cosa che mi gratifica molto. Mi sa che sta cercando di fare una dieta, perché dentro la borsa (una O bag lilla con i manici neri come non se ne vedono piú in circolazione da almeno dieci anni) ha sempre delle gallette integrali, eppure non riesce a rinunciare né alle schifezze della macchinetta né al McDonald's, che a volte ordina in pausa pranzo.

– Bi, guarda che 'sta roba te fa male! Lo sai come li fanno i *chicken nuggets*?

– Non so se voglio saperlo.

– Tritano i pulcini interi in una macina. Interi, sí, con tutto il becco, le zampe, le ossa e le piume.

– Come fai a saperlo?

– Me l'ha detto Jacopino. Ci sono pure dei video.

Nonostante la sua scarsa disciplina e la sua poca forza di volontà non riesco ad avercela con Bi, perché penso che debba essere davvero difficile crescere con un handicap. A dirla tutta, quando la guardo mi sento un po' in colpa per tutte le volte in cui con i miei amici ho insultato una ragazza cicciona. Lo facciamo soprattutto da ubriachi in discoteca: ci mettiamo a gridare cose del tipo «balena demmerda» o «cotechino» alle malcapitate. Per questo, qualche giorno fa, mi sono persino interessato al tema.

– Bi, scusa se sono indiscreto.

– Hai fatto le fotocopie che mi servivano?

– Sí, sí, eccole. Volevo chiederti, come preferisci essere chiamata, tu?

– Mettile sulla mia scrivania.

– Ecco qui. Quindi?

– Mh… Barbara non mi dispiace. Al massimo signora, niente signorina.

– No, intendo riguardo la tua, ehm, condizione, che preferisci dire?

E mentre glielo chiedevo disegnavo con le mani a conca un cerchio grande attorno alla mia pancia, per farle capire meglio, senza troppi giri di parole, a cosa mi riferissi.

– Non capisco.

– Dài, insomma, il tuo problema… Ho sentito che certe parole non si possono piú usare. Me l'ha detto mia sorella e lo dice pure Simona, una sua amica ritardata che però sa un sacco di cose sulle donne. Allora mi chiedevo se preferissi termini come «diversamente magra» o magari «rotondetta»…

– Io…

– Non me lo devi dire ora, okay? Ma dice mia sorella che è importante per la tua *autofirmazione*. Pensaci. Magari ti viene in mente, – questa che utilizzo è una delle «formule del pensiero corretto» che mi ha insegnato Bianca, quella stronza.

Non credo che Bi abbia una famiglia, dei figli: ci obbliga sempre a fermarci in ufficio fino a tardi e ogni tanto propone addirittura una bevuta post-lavoro. Mi fa un po' tenerezza.

Il secondo membro del team è Gaia, e pure lei è un soggetto abbastanza sfigatello. Ha la frangetta e le Hogan e non mi servirebbe sapere molto altro per deliberare che non è il caso di approfondire la conoscenza. Si veste come una signora di cinquant'anni, credo per una strana idea del gusto che hanno certe persone terrone. Infatti Gaia è calabrese, di Matera. Di sicuro è uscita dalla Luiss, si deduce dalla spocchia con cui dice di essere laureata in Economics and Business, facendo finta di avere l'accento americano che invece suona piú tipo albanese. Sguardo arcigno, telefono con la cover a libretto e ascelle pezzate: anche Gaia potrebbe facilmente appartenere alla categoria delle bullizzate da Jacopino, se solo la incontrassimo durante una serata delle nostre.

Infine c'è Costanza, e qui andiamo su tutto un altro genere. A differenza delle altre due, lei, secondo me, di cazzi ne ha visti parecchi. Ha i capelli biondi, gli occhi azzurri e le labbra sporgenti, rimpolpate dal filler (questo lo so non perché sono gay, ma perché volevo farlo anch'io). Viene in ufficio con la Filippo, una bellissima ventiquattrore di Valentino, e si veste casual, spesso con una polo Lacoste abbottonata fino al collo, che tiene in trappola due tette giganti. I suoi capelli raccolti in una coda ordinata, gli occhi da cerbiatto, e la voce stridula mi fanno venire il cazzo duro in ufficio, e già in un paio di occasioni questa settimana ho dovuto rimediare in bagno. Costanza mi piace anche perché mi sembra una ragazza che ragiona bene: un giorno in pausa pranzo mi ha detto di non voler essere chiamata dottoressa, ma dottore, «perché dottoressa è meno autorevole». Credo sia un ragionamento giusto e credo anche che sia davvero bello che esistano ancora persone cosí al mondo.

Sono passati circa venti giorni da quando ho iniziato a lavorare in questo posto, e non sono stato ancora direttamente coinvolto in progetti specifici. Direi che mi sono occupato piú di questioni pratico-organizzative, come le fotocopie, il caffè, la riparazione della spillatrice, la tendina che non si alza, il corriere che mi consegna un pacchetto che poi si rivela essere un bikini o un vibratore per una delle tre.

Ho scoperto che il vero cuore dell'azienda è a Milano e che a Roma ci mandano solo quelli nuovi da testare, cosa che non vale per Barbara, ma forse lei è qui solo perché è grassa. Il nostro team lavora principalmente su campagne social per brand sfigati (scatolette per cani, carta igienica, vaporelle e ferri da stiro), per questo sono parecchio emozionato quando Bi mi comunica che sarò il responsabile della prossima «sfida» del team. Si tratta di un progetto per Shave me, un brand «inclusivo», che ha l'obiettivo di promuovere l'accettazione del sé tramite un messaggio di liberazione sessuale e di body positivity. Non so bene cosa vogliano dire tutte queste cose, ma recepisco l'informazione principale che è quella del loro nuovo lancio: una linea di rasoi «unisex». Barbara mi spiega il brief: creare una campagna social per il nuovo profilo Instagram della linea, utilizzando un tono *fresco, ironico e tagliente.* Il brand produce anche sex toys, Bi mi fa vedere un paio di spot sulla loro pagina.

– Vorrebbero che declinassimo le possibilità di utilizzo dei rasoi in contesti di vita quotidiana.

– Con foto? – chiedo, mentre prendo appunti sulla mia agendina Montblanc.

– Non credo ci siano vincoli su questo, sentiti libero di scatenare la tua fantasia. L'importante è che al centro ci sia il tema «unisex», che mi pare anche l'unicità del prodotto.

– Scusa, Bi, ma che significa rasoio unisex? – sinceramente sono un po' confuso.

– Che non ha differenze di utilizzo in base al genere, quindi può essere usato sia dagli uomini che dalle donne.

– Ma perché, quelli usa e getta non sono unisex?

– Loro intendono la depilazione come un concetto rivoluzionario, o quantomeno questo è ciò che ci dicono nelle e-mail. Cerchiamo di trasmettere questo messaggio.

– Cioè rasarsi è rivoluzionario?

Barbara mi interrompe posizionando la mano proprio davanti alla mia faccia. Credo non sia in vena di polemiche.

– Ascolta: lavora su una presentazione semplice e pulita. Al cliente interessa, oltre all'aspetto unisex, l'empowerment femminile, sai cos'è?

– Avoja, so tutto, – penso alle lezioncine di Bianca, finalmente mi torneranno utili.

– Dobbiamo parlare di quanto siano futili gli stereotipi. Ti aspetto martedí prossimo con le creatività. Per qualsiasi cosa, io sono qui. Chiedi pure.

I giorni successivi sono un vero turbinio di idee. Già mentre parlavo con Bi la testa iniziava a riempirsi di immagini. Tornato a casa ho buttato giú qualche nota sul portatile e mi sono confrontato con i miei amici durante un lungo aperitivo al *Semper*: tra di loro ci sono delle menti geniali, gente che l'anno scorso ha realizzato punteggi altissimi al sistema Mantra del Fantacalcio. In particolare, Paoletto e Mirketto mi hanno dato qualche chicca su cui penso di poter costruire un bel concept.

Persino i miei sono stupiti dalla mia motivazione e dal mio coinvolgimento. Papà mi ha detto che di questo passo potrei addirittura riuscire a entrare al ministero da lui, dove i titoli sono fondamentali per il concorso tanto quanto le precedenti esperienze lavorative da inserire nel curriculum. Mamma continua a ripetere che tenersi impegnati è molto importante soprattutto a livello psicologico e che da quando esco tutti i giorni per andare in ufficio le sembro piú grande. Poveri illusi: non sanno che lo faccio solo per avere un po' di liquidità nel breve termine e che presto potrei tornare alla mia amata vita di sempre. Tuttavia, per ora, lavorare con il mio team mi piace e per questo spesso la sera, dopo cena, mi chiudo in camera e faccio delle prove su Canva affinché sia tutto perfetto per la presentazione.

Con la scusa del lavoro ho chiamato pure Costanza.

– Magari un giorno di questi andiamo a ballare insieme, tu con le tue amiche e io con i miei amici.

– Ti piacerebbe, nei tuoi sogni.

– Ti divertiresti.

– Ma voi dove andate?

– Ci piace un po' tutto. Commerciale, in particolar modo.

– Che schifo. Noi sentiamo solo techno.

– Bella, la techno.

– E il tavolo? Lo fate?

– Sí, certo.

– Allora poi ci fate imbucare.

– Lo possiamo prendere insieme. Conosco un ragazzo che ci organizza tutto al top.

– No, noi donne entriamo gratis in pista, poi voi ci passate i braccialetti.

– Ma noi li paghiamo ottanta euro, i braccialetti.
– Appunto. È una figata. Ci vediamo domani?
– Sí. Senti, ma…
Tu, tu, tu…

Il martedí sono un fascio di nervi, ma ottimista. Credo che la mia proposta spacchi di brutto. L'ho resa molto accattivante grazie all'utilizzo della mia ironia, un vero asso nella manica che di sicuro farà colpo sul cliente. Il mondo è di chi ha coraggio, per questo nella vita bisogna osare. Per la grande occasione mi sono fatto prestare la macchina da papà, che oggi è andato a lavoro con i mezzi. In fondo i figli sono come le biciclette: l'hai voluta? Ora devi pedalare. Dopo un paio d'ore nel traffico raggiungo l'ufficio. Quando arrivo è circa mezzogiorno e Barbara è leggermente su di giri.

– Bella, Bi! *¿Cómo estás?*

Alzo la mano accennando appena il saluto romano. Sono sicuro che Barbara dentro di sé muore dalle risate, solo che non può darlo a vedere.

– Il cliente è già qui. Avremmo dovuto revisionare tutto insieme prima della presentazione.

– Non ti preoccupare, Bi, stai in una botte di ferro con me. Fidati.

– Sei sicuro non ci sia bisogno di qualche aggiustata?

– Bi, te l'ho già detto: impazziranno.

Barbara guarda l'orologio, non c'è piú tempo. – Okay, andiamo di là, allora. Mi raccomando, siamo nelle tue mani.

In sala riunioni ci sono sei donne, tutte con gli occhi puntati su di me. Tre sono parte del mio team, tre sono clienti.

– *Buenos días* –. Oggi mi sento parecchio spagnolo. – Datemi un secondo: collego il computer e *je stamos*.

Il proiettore illumina il pannello bianco con la prima

schermata della mia presentazione: «WMS X SHAVE ME – UNA CAMPAGNA ORIGINALE» compare a caratteri cubitali. Ci siamo. Mi sistemo la camicia slacciando l'ultimo bottone, mi schiarisco la voce e inizio.

– Allora, ragazze. Appena ricevuto il vostro brief abbiamo ragionato su cosa significasse la parola «unisex», un termine di certo molto interessante. Di nostro interesse, però, è soprattutto il fatto che un atto cosí intimo come quello del rasarsi possa essere ugualmente vissuto da due mondi opposti: quello dell'uomo e quello della donna. Da questo ragionamento nasce la campagna che oggi vi proponiamo: «RASO QUELLO CHE VOGLIO». Gaia, per cortesia, passa alla prossima schermata. Benissimo.

La stanza è parecchio silenziosa. Non mi lascio intimidire e procedo.

– Tutto il concept della campagna è basato sul concetto di assurdità, che poi è proprio l'epicentro dell'unisex. Domandina: sarebbe davvero cosí assurdo se una donna avesse le palle? Gaia, avanza, per piacere. Ecco: qui vedete un fotomontaggio di Megan Fox con i testicoli che io trovo molto giocoso e che con una risata combatte tanti stereotipi. Non è detto sia cosí assurdo, giusto? Quindi, il primo reel, Gaia, ti chiedo di avanzare ancora, ecco, il primo reel sarà quello di una ragazza che si rasa il sottopalla. Ovviamente mi sono già informato sulla policy dei nudi e penso che ce la possiamo cavare con una leggera sfocatura del testicolo, che io mi immaginavo inquadrato da sotto in primo piano, con la testa di lei che sbuca da sopra. Vedete? Cosí, come nella *reference*. Lo facciamo stile *street*, conosco un paio di videomaker bravissimi, scopiazziamo la Nike qui e lí, mettiamo una musichetta elettronica…

Barbara tossisce. Credo che qualcosa le sia andato di

traverso. Costanza le passa un bicchiere d'acqua. La sala è buia, illuminata solo dal proiettore, quindi non riesco a vedere bene le loro espressioni.

– Se passiamo alla slide successiva vi faccio vedere le proposte di *stories*. Ecco, secondo me qui abbiamo il vero cuore della campagna. «COSA TI RASERESTI?» Potrebbe essere anche il nostro pay off. Ho trovato un video di un babbuino che si rasa il culo che fa davvero troppo ridere, magari lo utilizziamo se ci sono i diritti liberi.

– Okay, basta cosí.

– No, aspetta, Bi, manca ancora la parte sulla donna che si rasa i baffetti...

– Gaia, spegni.

– Fidatevi, fatemi finire...

– Smettila, basta. Sei licenziato, vattene.

Resto di sasso. Barbara mi sembra sull'orlo di una crisi isterica. Ha le vene gonfie che sporgono sul collo nonostante il grasso. 'Sta cicciona! Lo sapevo che non dovevo fidarmi di una persona che pesa piú di novanta chili.

Le clienti la rassicurano, parlano con un tono basso e passivo aggressivo: – Capiamo... È solo uno stagista... Ma certo, certo che capiamo... Purtroppo però abbiamo tempi strettissimi... Chiederemo a un interno di trovare un'agenzia tra le major per procedere piú rapidamente.

Raccatto lo zaino, ci ficco dentro agenda e computer e scappo via senza proferire parola, sbattendo la porta della sala riunioni. La mia mente è offuscata dalla rabbia e dall'umiliazione. Queste non capiscono proprio un cazzo! Mi sembrava tutto perfetto, cos'è andato storto? Il mio lampo di genio dev'essere stato troppo per loro. Sono deluso, soprattutto da Barbara. Mi sento tradito. Io e lei abbiamo sempre avuto un'ottima intesa. Probabile che le piacessi un po' piú che come amico e sentendosi rifiutata ha voluto riversare la sua frustrazione sul mio lavoro. Forse è stata vendetta. Me lo diceva, Paoletto, di stare attento: «Va a finire che te metti co' la grassona!» E invece sono stato licenziato.

Di quanto accaduto ieri sera, dopo il licenziamento, non ho grande memoria. Ricordo di aver chiamato a rapporto il gruppo e che, con la scusa di stare male per Bianca, li ho convinti ad andare a ballare nonostante fosse giovedí. Ci siamo ubriacati al bangladino sotto casa con quella che, a giudicare dal mio alito di stamattina, doveva essere una vodka di bassissima qualità. Anche del locale ricordo poco e niente, la lunga fila per entrare, le luci lampeggianti, la cover house di *Sarà perché ti amo* cantata a squarciagola usando una bottiglia come microfono, il messaggio a Barbara: «Scusa se ti ho deluso», la chiamata a mia sorella: «Aprimi tu quando torno che non ho le chiavi». Penso di aver sbrattato nel cortile interno del palazzo, ma non sono sicuro fosse solo per via dell'alcol. A volte vomito pensando a cose del presente e del passato che mi stringono forte lo stomaco: le mie tre bocciature all'esame della patente, Bianca che pare abbia un nuovo tipo, mia sorella che vuole fare l'Erasmus e lasciarmi qui da solo, il mio licenziamento.

È stata proprio Silvia a venirmi a prendere giú al portone, avvisata da Jacopino. Ho delle immagini sfocate di lei che mi aiuta a salire le scale, mi bagna il viso con l'acqua ghiacciata, mi infila il pigiama e mi dice che andrà tutto bene. Forse i miei genitori hanno ragione a sostenere che è una persona fantastica.

Vado a dormire che saranno le quattro ma, grazie a una

sveglia impostata ieri in un momento di lucidità, stamattina mi alzo di buon'ora: se c'è una cosa che questa esperienza mi ha insegnato è che non si molla un cazzo. Non voglio mai piú pensare a Barbara né alla Wms, il solo ricordo mi provoca nuovi conati di vomito. Ho raccontato a tutti che sono stato io a licenziarmi perché non ero soddisfatto dei benefit aziendali: col cazzo che mi faccio prendere per il culo dai miei amici. Non voglio nemmeno immaginare l'eventualità che lo venga a sapere Bianca. Perderei ogni appeal, cosí come ogni possibilità di riconquistarla.

Comincio subito la giornata con una doccia gelida (dicono aumenti i livelli di testosterone), poi, sempre a stomaco vuoto, faccio venti piegamenti, trenta crunch e una sessantina di squat. Bevo un caffè e mangio due albumi d'uovo crudi, mentre mi dedico all'ascolto di un podcast motivazionale sulla *mindfulness*, consigliatomi da Paoletto. Ho letto su Instagram che anche Leonardo DiCaprio segue una rigorosa routine mattutina e che tutti gli uomini di successo che vogliono definirsi tali devono averne una.

Ho anche già fissato un colloquio: ieri, parlando con Paoletto, è uscito fuori che dove lavora lui cercano nuovi ragazzi interessati a diventare agenti immobiliari. Ha fatto una chiamata veloce e oggi ho appuntamento col suo capo. Non voglio piangermi addosso e l'idea di buttarmi subito a capofitto in un nuovo progetto mi sembra fantastica. Purtroppo mia mamma non è dello stesso parere: come sempre è rimasta molto delusa da me, mi ha incolpato di essermi fatto licenziare dopo un mese di lavoro appena e ora mi sta di nuovo alle calcagna perché trovi un impiego «degno di questo nome». Papà, invece, non si esprime, come sempre in questi casi. Il suo è un silenzio in grado di farti sentire davvero in colpa, il figlio buono a nulla per cui non ci sono parole. Sta quindi a mamma il ruolo di castigarmi con le sue prediche: è convinta che sia stato licenziato a causa di un ritardo o di qualche assenza ingiustificata, e la sua totale mancanza di empatia crea tra noi l'ennesima frattura irreparabile. Non ho voglia di spiegarle l'accaduto, né di confidarmi con lei. Deve smetterla di intromettersi nella mia vita e iniziare a capire che io sono uno che, in un modo o nell'altro, i soldi li farà, e tanti.

L'appuntamento in agenzia è con il tal signor Fabrizio Tresca alle dieci e trenta, e la cosa piú bella è che raggiungerò l'ufficio a piedi. Assaporo già la mia nuova vita.

Tresca è un tipo pieno di tatuaggi, che biascica. Ha un doppio taglio con il riporto e una sfumatura ai lati. Mi parla di sé come di un luminare del settore: – Il business dei box a Roma ce l'ho portato io che tu manco eri nato.

Mi assicura che il lavoro è semplice, si tratta di vendere immobili «a chiunque credi che possa desiderarne uno».

– Attento, perché certe volte le persone te dicono che nun so' interessate, ma non è vero. Devi insiste, faje veni' l'acquolina in bocca.

Lo stipendio è di trecento euro fissi al mese, piú una percentuale sulle vendite che ancora non ho ben capito come viene calcolata.

– Noi prendiamo il quattro per cento, no? – mi spiega Tresca facendo un disegno molto confuso su un foglio. – Tu a questo quattro per cento ce levi l'Iva, poi te becchi tranquillo tranquillo il tuo otto per cento, tutto pulito.

Ci tiene molto a ripetermi che è «tutto pulito», «tutto sereno», «tutto regolare». Comunque, il lavoro mi sembra una figata. Tanto per cominciare non ho obblighi verso nessuno se non me stesso. Poi Fabrizio mi pare una persona affidabile: ha pure un pittbull che si chiama Luna e che ha cresciuto come una figlia.

– Se je faccio fa' i cuccioli te ne becchi uno. Tutto pulito, stai sereno.

Sarebbe un vero sogno, anche se dovrei convincere i miei genitori e dubito sarebbero propensi.

Fabrizio dice che per fare questo mestiere ci vuole grande spirito imprenditoriale: bisogna saper parlare con le persone, convincerle, non fermarsi davanti ai no o a un'abitabilità sporchetta (ha detto proprio cosí).

– Adesso tu te ne torni a casa e te guardi la scena quella di *Wolf of Wall Street*, cell'hai presente? Quando lui convince 'a signora a comprasse le cose ar telefono? Ecco, quella.

– Bellissima, – rispondo io. – È il mio film preferito.

Fabrizio mi guarda di sbieco, con un occhio furbo, accennando un sorrisetto. Poi si stringe le narici tra le dita. – T'ho capito, a te, – sinceramente non so a cosa si riferisca. – Te sei 'n paraculo. E bravo, bravo. 'A stoffa cell'hai.

Esco dall'agenzia portando in mano una copia del contratto, gli appunti di Fabrizio e una divisa di qualche ex agente che mamma mi deve lavare. Paoletto mi spiega al telefono che per le provvigioni c'è bisogno della partita Iva, ma per aprirla aspetterò la mia prima vendita: non voglio chiedere aiuto ai miei genitori, che di sicuro sono anche contrari a questo nuovo impiego. Papà dice che è «un lavoraccio dove ti sfruttano per una miseria di stipendio», ma se conoscesse Fabrizio sono sicuro che cambierebbe idea.

Il giorno dopo mi reco in ufficio intorno alle sei e trenta del mattino: Fabrizio si è raccomandato di arrivare presto per il briefing. Cammino spedito, non voglio fare tardi. Il completo mi dona, soprattutto la cravatta con le strisce gialle. Quando ormai sono quasi arrivato, sento una musica in lontananza. La via è vuota e la strada è libera, fatta eccezione per qualche macchina che ogni tanto passa sfrecciando. Di fronte all'ingresso della sede dell'agenzia la musica si fa piú forte. Riconosco la canzone, è *Push It to the Limit* (lo so perché fa parte della colonna sonora di *Scarface*, il mio vero film preferito). Entro spingendo la porta a vetri, che è aperta, ma al mio ingresso la stanza è vuota. Muovendomi tra le scrivanie noto, però, una seconda porta sulla parete di fondo, da cui sembrerebbe proprio provenire la musica tanto assordante. Busso, ma nessuno mi risponde. Probabilmente non sentono. Apro la porta per entrare e davanti a me si palesa il seguente scenario: cinque o sei ragazzi (uno di questi è Fabrizio), in giacca e cravatta, saltano come grilli impazziti per tutto l'ufficio, dandosi spinte ed emettendo versi d'incitamento. Uno di loro, alla mia vista, mi prende per la giacca e mi butta in mezzo al gruppo. Tutti mi strattonano, urlando frasi del tipo «ce la dobbiamo fare», «siamo i re di Roma», «carichi, ragazzi, carichi». Quando la musica si stoppa smettono di saltare e si ricompongono, stirandosi le camicie con le mani, come fosse un'abitudine a cui sono ormai avvezzi. Fabrizio grida: – E adesso al lavoro! Forza, forza, forza!

Poi si avvicina e mi dà un buffetto. Mi parla stringendomi il braccio attorno al collo.

– È il nostro rituale. Lo famo ogni mattina: ti dà la giusta energia. A volte quelli del piano de sopra se lamentano. E 'sticazzi?, dico io. Vieni, vieni, ti faccio un caffè. Vedi come te sta bene la divisa nostra! Allora, adesso ti chiedo una cosa. Devi fa' un elenco de tutti i parenti tuoi. Tipo un albero *genalogico*. Hai presente? Parenti vicini e lontani, non importa. Ah, ovviamente che stanno a Roma.

– A cosa serve?

– Come, a che serve? E che noi qua stamo a gioca'? Tu li devi chiama' tutti e devi cerca' de capi' se je poi piazza' qualcosa. Na casa, 'n box, 'na sala hobby, quello che te pare. Ricorda: quello che vendi tu è tuo. Li voi fa' i soldi, o no?

– Sí.

– Perfetto. Sul computer trovi i nostri immobili ancora da vende'. Te lascio Luna, io vado a fa' dei giri, se beccamo dopo.

In meno di mezz'ora l'ufficio si svuota e rimango solo davanti a un computer di dieci anni fa: ha ancora l'icona di Internet Explorer sul desktop. Dall'altra parte della stanza c'è Luna che mi fissa con aria non proprio docile. Mi mette in soggezione e non voglio guardarla negli occhi: non vorrei pensasse che la stia sfidando o, peggio, che non la rispetti. Ha il muso grande quanto la mia coscia e il pelo color miele che copre appena i muscoli scolpiti. Per fortuna ora si è messa a cuccia e sembra si stia addormentando.

Passo la giornata a mappare la mia famiglia, a cercare su Facebook zii, cugini, parenti acquisiti di cui ho solo un vago ricordo. La mia strategia è quella di partire dai box, trattandosi di una fascia di prezzo piú accessibile. È da qualche anno che i miei vorrebbero dar via la Scenic del 2000 di papà e comprare una macchina piú moderna, forse questa potrebbe essere l'occasione giusta...

Faccio una pausa. Prendo il telefono per scrollare un po' e mi accorgo che Bianca ha finalmente pubblicato delle *stories*. Non so se aprirle, non ci siamo ancora scritti dal giorno del *Bosco segreto* e non voglio sembrare un perdente. Ma in fondo un perdente è una persona che pensa sempre a quello che vogliono gli altri, quindi al diavolo. Clicco sull'icona del suo profilo. La prima foto mostra le gambe di Bianca abbronzatissime, inquadrate dall'alto, e sullo sfondo una piscina a sfioro in aperta campagna. Il tag è «*Villa Emerina Resort and Spa*». Controllo subito se le sue amiche hanno postato qualcosa di simile. Niente. Cazzo. Ci sono altre due storie, ma non so se ho il coraggio di andare avanti. Mi faccio forza, tocco con il dito a destra e procedo. Si apre una foto di due figure riflesse allo specchio. Una è lei, la riconosco dal cappello di paglia che mi ha pregato di comprarle l'anno scorso a Torvaianica. L'altra è alta e si vede poco, un po' in penombra. Ha la pancia gonfia, i peli radi sul petto e i capelli hanno qualcosa che non mi torna... sembrano tipo brizzolati. Faccio lo screenshot per zumare meglio. Ho uno strano sentore. Magari è fuori con la famiglia, con qualche parente che non ricordo. Tutto molto, molto strano. Voglio vedere anche l'ultima storia. Apro di nuovo Instagram e digito sulla barra di ricerca il suo nome utente, «Biancastra». Quando trovo il profilo, però, le *stories* sono scomparse. Clicco con forza sull'icona con la sua foto, inutilmente. Nessun cerchio viola, nulla. C'è una sola spiegazione: 'sta puttana maledetta m'ha nascosto le storie. Non ci posso credere! Starà già scopando con un altro e non ha nemmeno la decenza di venirmelo a dire in faccia. Devo assolutamente parlare con i miei amici, sicuro sanno qualcosa e forse hanno paura di dirmi la verità. Non voglio essere lo zimbello del gruppo, devo essere messo al corrente di ciò che sta accadendo. Non so perché, ma spesso noi uomini ci vergogniamo a parlare d'amore. Trovo difficile intraprendere una conversazione sui miei sentimenti con qualcuno che non sia mia sorella o Bianca (pace all'anima sua). Sono sicuro che se chiamassi Paoletto o Jacopino mi risponderebbero a monosillabi. Devo trovare una soluzione e penso proprio che l'unica via percorribile sia quella di telefonare a Martina. È una tipa schietta e un po' bora e noi maschi le stiamo piú simpatici delle femmine, anche se non lo ammetterebbe mai in pubblico. Martina a volte viene allo stadio con noi e ci riaccompagna pure tutti a casa. Per questo e altri motivi – le canne rollate insieme a ricreazione, i soldi prestati per la schedina e che non mi ha mai chiesto indietro, la copertura con Bianca la volta della trasferta con la Lazio –, ho un buon grado di fiducia nei suoi confronti. Decido di chiamarla in pausa pranzo, cosí da togliermi subito il dente: non voglio passare la giornata con questo macigno sullo stomaco.

Dopo qualche squillo mi risponde, dice che è impegnata, che è a lavoro, ha solo cinque minuti per parlare.

– Insomma, che succede?

– Marti, io non so come chiedertelo, me devi crede', ma non so con chi parlare.

– Hai fatto bene. Certo. È per Bianca?

– Sí.

– Ho capito... Senti.

– Ma tu l'hai viste, le storie? Me l'ha pure nascoste. Prima la coppia aperta e tutte quelle cazzate sul poliamore, mo questo... Ma poi chi cazzo è questo?

– Ascolta. Io ti voglio bene, lo sai... ma Bianca ora ha bisogno dei suoi spazi. È presa da cose che neanche io so di preciso. Ha bisogno di tempo.

– Marti', dimme chi è, te prego. Lo conosco?

– Non lo conosci. È... piú grande.

– Sta schifosa.

– Ci vieni a Mykonos? Ti farebbe bene.

– Non lo so.

– Guarda che forse Bianca non viene. E poi che ti importa, ci siamo noi.

– Secondo te mi ama ancora?

– Devi andare avanti. Pensa a divertirti, vieni in vacanza con noi. Ci ubriachiamo e ci divertiamo ogni sera!

– Non lo so, ora sto lavorando. Sono impegnato in affari grossi, mi ha preso una società che c'ha robe in borsa. Forse mi trasferiscono a Milano.

– Ma non lavori con Paoletto?

– No… Quello è solo per… arrotondare. Il giro grosso è un altro.

– Va bene. Quando vuoi andiamo a cena, passiamo un po' di tempo insieme. Mi raccomando, non sparire.

– Sí. Grazie, Marti.

– Ciao.

Attacco. Vorrei sentirmi rassicurato dalla chiacchierata, ma purtroppo un paio di paroline continuano a risuonare nella mia testa: «È piú grande». Sapevo di aver fiutato qualcosa. Se Bianca vuole farmi ingelosire scopandosi un quarantenne qualsiasi deve sapere che non ci riuscirà: sono cambiato, dai tempi del liceo, non sono piú un ragazzino. Non sono piú succube dei suoi giochetti. Non le dedicherò ulteriori attenzioni.

Glielo voglio dire con un messaggio.

> Cara Bianca. Che pena che mi fai. Da oggi per te sono morto, non mi cercare mai piú. Ora ho una relazione che mi soddisfa e un lavoro in ambito finanziario. Te invece vedo che rimani quella di sempre. Una lurida puttana. Addio.

Cancello.

> Cara Bianca. Non sono arrabbiato, sono solo deluso. Ora ho una relazione e un lavoro in ambito finanziario. Te invece vedo che rimani quella di sempre. Una persona cattiva. Addio.

Invio e metto la modalità aereo. Non voglio piú pensarci, non voglio avere l'ansia per una ragazzina viziata che ha deciso di rovinarmi la vita.

Due ore dopo, quando riattivo il wi-fi, il mio messaggio ha due spunte blu e nessuna risposta. La giornata lavorativa sta finalmente volgendo al termine e io non potrei essere piú contento di tornare a casa. Sono distrutto, mentalmente e fisicamente. Non sono riuscito a mangiare nulla: il mio stomaco è chiuso da quando ho visto quelle storie, e il solo pensiero di Bianca accanto a un altro uomo mi crea degli scompensi. Chiamo Fabrizio. Luna si è svegliata e sta pisciando per terra. Che schifo. Al telefono non mi risponde nessuno. Basta, è troppo. Prendo le mie cose e metto il guinzaglio al cane, non posso lasciarlo qui con questo caldo. Tra l'altro, se dovesse schiattare, Fabrizio mi ucciderebbe con le sue stesse mani.

– Buona Luna, buona. Ecco, brava. Vedi che sei brava. Andiamo.

Lascio un foglietto sulla scrivania: «Luna è con me, vienila a prendere appena puoi».

Mi incammino verso casa. Per strada ci siamo solo noi: io e un pitbull di quaranta chili. Questo deve essere l'inferno.

Il lavoro (parte seconda)

«Homo faber fortunae suae»

L'aria di Roma d'estate è opprimente. Il caldo ti soffoca e non ti lascia vie d'uscita. Noi abitanti ci trasciniamo da un posto chiuso all'altro, purché dotato di aria condizionata: un locale, una palestra, il salone di un amico, la Rinascente di piazza Fiume, un centro commerciale di periferia con le scale mobili rotte e lo stand della Tim davanti all'ingresso. Questo clima è la perfetta espressione del mio stato d'animo attuale: sono disperato. Tirando le somme delle ultime settimane, non posso ritenermi per nulla soddisfatto.

Non sono tagliato per fare l'agente immobiliare. Ho provato a convincere chiunque di mia conoscenza ad acquistare un box di quindici metri quadri al Nuovo Salario, ottimo prezzo, zona strategica, molto spazioso, abbastanza luminoso, ma pare che questo business non sia poi cosí fiorente. Dopo il box – che, per la cronaca, è ancora invenduto – è stato il turno di un appartamento in un sottoscala a San Basilio. Ogni visita che ho fatto iniziava con un «c'è odore di muffa» e finiva con un «grazie, ma non è quello che stavamo cercando», nonostante io mi impegnassi moltissimo, seguendo alla lettera tutti i consigli di Fabrizio («non parlare del rumore»; «non parlare del buio»; «fai leva sul prezzo»; «fai leva sulle spese basse»).

La domenica è di riposo, ne approfitterò per schiarirmi le idee. Per mia fortuna, Jacopino sta lavorando in una piscina condominiale come bagnino in un quartiere non troppo lontano dal nostro. Lui non ha mai finito l'università e ha preferito rimandare la scelta sul futuro a quando avrà le idee piú chiare, ci sta. In quel condominio ha trovato un buon lavoro, lo pagano in nero e ci sono sempre pochissime persone. Sono molto contento per lui, se lo merita proprio. E poi la storia con Sofia lo ha stressato parecchio, pur di scopare si è accollato cose che nessuno di noi sarebbe riuscito neanche lontanamente a immaginare, tipo il pagamento di quindici manicure o il week-end a Vienna in giro per i mercatini di Natale. Il tira e molla, però, sembra finalmente giunto al termine (il mio amico *giura* di non sentirla piú da settimane) e io non potrei esserne più felice. Né io né lui parteciperemo al Mykonos Elisir Tour 2023 e il gruppo quest'anno consta solo di pochi partecipanti. Forse meglio cosí, i miei stavolta non mi hanno dato una lira e io davvero non posso andare a Mykonos a fare il pezzente. Quindi, finita la solita sessione di allenamento, infilo il costume della Lacoste al posto dei pantaloncini e lo raggiungo.

Sdraiati sui lettini parliamo delle tipe fregne che abbiamo conosciuto qualche sera fa al bowling. Gli avevamo lanciato una sfida, ma erano fortissime e ci hanno stracciato. Inoltre, nel tentativo di rimorchiarle, il nostro continuo fare battute non deve avere aiutato: a un certo punto, mentre se ne andavano via, le ho sentite darci dei «trogloditi» a mezza bocca.

Oggi è una giornata tranquilla: non tira un filo di vento e tutto sembra obbligato a una calma innaturale. La piscina del condominio non è grandissima, ma è sufficiente per un paio di bracciate e qualche virata imitando Phelps alla vittoria dei mondiali. Ogni tanto il mio amico deve pulire la vasca con il retino gigante. Raccoglie un'ape agonizzante, la butta sull'erba e torna a sdraiarsi accanto a me (lui il bagno non può farlo quando è in servizio).

– C'era quella lí, quella bionda, Carola? Che figa. Sembrava uscita da *Baywatch*.

– Mi sa che andava al Giulio Cesare.

– Ha fatto strike tipo tre volte. Te lo ricordi *Baywatch*?

Ce la stiamo davvero godendo. E tra un commento al culo di Carola e un sorso di Coca ghiacciata, per un attimo mi sembra che tutta la sofferenza per Bianca, tutto il dolore per il licenziamento e per i costanti fallimenti non ci siano piú. Gli amici hanno davvero il potere di farti sentire la persona piú felice al mondo.

Stiamo per andare a mangiare – Jacopino ha un'ora e mezza di pausa pranzo – quando si avvicina una signora sulla settantina, con gli occhiali da sole grandi e un pareo bianco ricamato che le arriva fino ai piedi. Ha le unghie lunghe, rosso fiammante, e al braccio porta una Louis Vuitton Cabas Cruise in vinile trasparente anni Duemila, bellissima. Da come parla sembra che abbia le adenoidi gonfie, una calata romana tipica di chi ha ereditato almeno due immobili in corso Trieste. Stretto da un guinzaglio giallo fluo c'è un cagnolino spelacchiato con il ciuffo in testa che secondo me ha una grande urgenza di pisciare, visto come gira in tondo odorando le mattonelle del bordo vasca. La padrona sta chiedendo a Jacopino una mano per portare su in casa le sue cose.

– Ho la borsa, il cane, non riesco. Sii gentile.

– Può venire anche lui? – Jacopino mi indica.

– È un tuo amico? – domanda la donna, come se ci fosse la reale possibilità che io sia un barbone.

– Sí, certo.

– E sia.

Cosí ci imbarchiamo con Camilla – scopro che è questo il nome della vecchia – verso il suo attico, al sesto piano della palazzina H. Io porto il guinzaglio con il cane, Jacopino un borsone e un gonfiabile gigante per animali, lei un cazzo. Ci muoviamo rapidi tra vialetti interni, aiuole curate e irrigazione automatica: i ricchi devono sempre essere circondati di belle piante.

– Non mi piace piú questa zona, vorrei spostarmi, non è piú come prima, – è la preoccupazione principale di Camilla, che ci intrattiene lungo il percorso fino all'ingresso e poi in ascensore. – Ormai la gente di un tempo è andata via, sono tutti ragazzi, la sera è pericoloso.

Stento a credere che questo angolo di paradiso possa davvero essere palcoscenico di sparatorie e rapimenti, ma me lo tengo per me.

In ascensore continuo a tenere il cagnolino in braccio, ho paura possa venire schiacciato perché è davvero molto piccolo e magro. Sembriamo tre personaggi usciti da una di quelle fiction che guarda mamma in tv: nonna e nipoti, uniti per la vita, ragazzi pazienti che vivono esilaranti avventure con la loro nonnina, «guarda che bravi, non ne esistono piú di ragazzi cosí!» L'ascensore suona, per fortuna siamo arrivati. Camilla ci fa strada, lo zerbino recita «*Here we love animals*». Apre la porta, ci chiede di lasciare le cose in salotto e ci offre un bicchiere d'acqua.

– Lavorate qui, voi?

– Solo lui. Io sono un amico, – meglio ribadire il concetto.

– Ci conosciamo dai tempi del liceo, siamo come fratelli, – aggiunge Jacopino.

– Che bravi a lavorare cosí duramente d'estate. Fa molto caldo, eh?

– Un po', ma meglio qui che a fare il buttafuori al *Mice*, – replica Jacopino.

Poi la signora fruga nella borsa. Prende il portafogli, una bella sleppa di Prada, nero e lucido, costerà un occhio della testa. Muove le mani veloci tra gli scomparti, quindi tira fuori una banconota da cinquanta euro.

– Ecco, per voi. Siete stati tanto gentili.

Jacopino ringrazia tutto contento, e in un secondo si mette la banconota in tasca, quasi preoccupato che lei ci possa ripensare. A me la cosa stranisce non poco. Lo trovo parecchio umiliante, ricevere la carità. E poi: cosa le avrà fatto pensare che abbiamo bisogno di soldi? Forse il nostro modo di camminare? Il nostro vestiario? Oggi indosso una Ralph Lauren celeste e delle Jordan 1 Retro High rosse, quindi tutt'altro che straccione. Non riesco davvero a capire. Vorrei dirle che siamo gente di un certo livello anche noi, e che non abbiamo bisogno dell'elemosina di una stronza decrepita di via Tolmino per sentirci delle brave persone. Ma non lo faccio: la gentilezza è gratuita e noi siamo dei signori.

– E lui è Ciccio.

Assorto nei miei pensieri, non mi sono accorto che Camilla si era allontanata e ora sta tornando dal corridoio tenendo in braccio un batuffolo di pelo simile al portachiavi di mia sorella. Non riesco neanche a capire a quale specie vivente appartenga, non si vede nulla se non una palla di pelo.

– Cos'è? – chiedo mentre mi avvicino per accarezzarlo.

– È un coniglio d'angora.

– Poooorco d... – stringo fortissimo il braccio di Jacopino per evitare che cacci un bestemmione. – Poooorco due, – si corregge in corner.

– Il nome viene da una località della Turchia. Si diffusero in Francia verso la metà del Settecento e poi nel resto d'Europa. Ne esistono diversi tipi, ma per me questo nano è unico. Dovreste vedere come sono affettuosi. È vero, amore della mamma?

La vecchia si sbaciucchia il coniglio come fosse un bambino e, nonostante la scena sia un po' cringe, questo coso peloso è davvero uno spettacolo.

– Dove si comprano? – chiedo.

– In Italia ci sono pochi allevatori, il mio viene dal Veneto. È un regalo di mio figlio.

– E quanto costano? – La domanda è lecita, a questo punto. E poi ho studiato Economia, sono dati che mi intrigano.

– Bah, non saprei con esattezza, ma credo si aggirino intorno ai due. Quelli nani anche tre.

– Due, duecento? – Jacopino solo ora mostra interesse.

Camilla ride fragorosamente. – No, duemila! Con duecento non ci compri neanche piú l'acqua, a Roma.

Non so che cazzo di acqua beva Camilla, perché a casa mia quella del rubinetto è gratis.

– Qui nel palazzo lo vorrebbero tutti, ma Ciccio non lo vendo a nessuno. E poi non me la sento di fargli fare i figli, non è pronto a essere padre.

Parla di questo animale come di un cristiano. Inizia a essere urticante.

– Duemila euro, un coniglio? – Jacopino chiede conferma. Come se gli risultasse impossibile crederci.

– Sí. Anche tremila.

Scattiamo qualche foto a Ciccio, è davvero bello. Certi animali ti fanno venire voglia di strangolarli, per quanto sono dolci. Salutiamo Camilla, la ringraziamo per il bicchiere d'acqua (o forse la stiamo ringraziando per i cinquanta euro?) e ce ne andiamo. Pranziamo in una trattoria romana: Jacopino prende la carbonara e io l'abbacchio a scottadito. Un pranzetto al volo prima di tornare in piscina. Trascorriamo il resto della giornata pensando a Ciccio e alle vecchie di Roma Nord che possono permettersi un coniglio da duemila euro. Quante saranno in tutto? Le vecchie, intendo. Almeno un migliaio. Ci concentriamo sulle analisi di mercato. Facciamo ricerche online e pronostici sul possibile target di riferimento. Un sito croato di allevatori amatoriali riporta che Messi possiede una decina di conigli d'angora inglesi nella sua proprietà di Dubai, e che sua moglie ne è una grande appassionata. Quando si fa sera aiuto il mio amico a chiudere gli ombrelloni e penso che non ho per niente voglia che cominci una nuova settimana. Stavo iniziando a rilassarmi, a distrarmi, a non pensare alle mie disavventure. Accetto un passaggio da Jacopino per tornare a casa. Monto in sella al suo Sh 125, di dietro. Sfrecciando e bruciando qualche semaforo rosso, vedo l'alberata via Nomentana scorrerci veloce accanto e poi scivolarci alle spalle. Jacopino fa un paio di sorpassi invadendo la preferenziale. I negozi hanno le saracinesche abbassate, la città cerca la sua tregua domenicale.

– Te posso chiede' una cosa, fra'? – dico al semaforo di Batteria Nomentana.

– Dimme, – riparte lui.

– Tu c'hai voglia de cresce'?

– Dici tipo trent'anni o tipo di piú?

Dobbiamo urlare. Abbiamo i caschi stretti e il motorino corre infilandosi tra le macchine.

– Dico tipo cresce' e diventa' grandi.

– Mica siamo obbligati.

– Dici?

– Certo.

– E il lavoro?

– Quale lavoro?

Superiamo il ponte che attraversa l'Aniene. Una signora in macchina litiga con un bangladino che le vuole lavare il vetro. Lui insiste, alla fine glielo lava. Lei svogliata abbassa il finestrino per allungargli qualche spiccio. Roma è cosí, un posto accogliente. Alla nostra destra vediamo il forno dove abbiamo preso le pizzette rosse durante gli anni della scuola. Sempre le stesse, rosse senza mozzarella, un euro l'una, poi un euro e cinquanta. Metto le mani sulle spalle di Jacopino, gli stringo l'avambraccio attorno al petto. La cosa piú vicina a un abbraccio che mi riesce di fare senza scalfire la mia mascolinità. Jacopino mi passa una cuffietta. La infilo sotto il casco, nell'orecchio destro. Una musica gospel mi travolge, è Kanye West, il nostro preferito. La corsa per le strade di Roma sta per terminare, ma vorrei poter mettere il tempo in pausa. Il tramonto tinge il nostro quartiere di arancione, il sole caldo riflette la luce sugli edifici popolari gialli e rosa. Una signora sta spazzando il marciapiede davanti a casa mia, raccoglie da terra volantini pubblicitari e foglie secche. Sul muro del palazzo rosa accanto al nostro, la scritta «lo stupratore non è malato è figlio sano del patriarcato» rimane incancellata. Quanto odio si riversa su noi uomini al giorno d'oggi. Se avessi beccato le autrici nel mezzo del loro «attacco d'arte» le avrei sistemate per le feste, avrei ristabilito l'ordine cosmico secondo cui è la donna a dover avere timore dell'uomo e non viceversa. Siamo cresciuti nel mondo sbagliato, io e Jacopino. In un'altra epoca, forse, il nostro essere maschi sarebbe bastato a ottenere il rispetto di gente come Camilla e Barbara. O come Bianca.

Che grande, Kanye West, lui sí che se ne frega. La canzone finisce, mi levo il casco e scendo dal motorino.

– Grazie, per tutto.

– Ma scherzi, frate'.

– No, davvero.

– Te pare.

Una conversazione di poche parole, ma densa di significato. Ci diamo una pacca sulla spalla molto convincente e lui riparte.

– Non ce pensa', – strilla mentre si allontana, e io penso di volergli davvero tanto bene.

Il lunedí mi do malato con l'agenzia. Intorno alle due di notte di domenica mando un messaggio a Fabrizio che recita qualcosa tipo «ho la febbre alta, molto alta, domani non riuscirò a venire e forse neanche dopodomani». Mi sono addormentato tardissimo, saranno state le cinque. Ho riguardato per la terza volta tutta la serie *One Piece*, un vero capolavoro, e poi mi sono buttato su *Vikings*, che mi sta prendendo moltissimo. Sono crollato che stava facendo mattina. Mi sveglio verso mezzogiorno e corro al tabacchi perché ho finito le Terea per l'Iqos. Mentre cammino sotto il sole rovente ricevo un messaggio di Jacopino. È un articolo di «fanpage». Il titolo recita: *Conigli d'angora. Tutto quello che c'è da sapere sul nuovo trend dei super ricchi*. Sapevo che si trattava di qualcosa di piú grande, tipo un movimento di appassionati, non solo un capriccio di Camilla. Leggo rapido il titolo e tanto mi basta per avere un'opinione sul tema. «Che bomba, fra'», gli rispondo. Quando rientro a casa mi spoglio e rimango in mutande. Per colazione mangio gli avanzi della cena di ieri, rigorosamente freddi: piselli con la pancetta e hamburger. Sul telefono apro YouTube e vado dritto alla barra di ricerca: ho un obiettivo chiaro e preciso, quindi digito: «Conigli d'angora». Non riesco a smettere di pensare a Camilla, alla sua pelle di vecchia che stringe il pelo morbido di Ciccio. Mando un altro messaggio a Jacopino: «Ti devo parlare».

Oggi Jacopino riposa, per fortuna. Ci incontriamo poco dopo alle popolari di fronte a casa mia: sono palazzi costruiti negli anni Venti, con cortili condominiali e panchine isolate che sembrano fatte apposta per rollare. Veniamo qui da sempre, alle elementari per giocare a calcio, alle medie per ubriacarci con il Bacardi, al liceo per qualche appuntamento furtivo con una smandrappona.

Ci accomodiamo su una panchina.

– Buono, 'sto fumo, dove l'hai preso?

– È sempre il solito, quello del muretto.

– Buono, non male, è aromatico. Verrà dal Marocco?

– Forse Egitto.

Faccio un paio di tiri profondi e butto fuori una carrellata di pensieri, cosí, come mi vengono: Ciccio, corso Trieste, Camilla, le vecchie, i soldi, tanti soldi, ma pure tu allora c'hai pensato? Siamo uguali, siamo proprio fratelli. Dopo una buona mezz'ora di sfattonata mettiamo a punto un piano niente male. L'idea è quella di comprare due conigli, un maschio e una femmina: senza pedigree potremmo trovarli anche a mille euro l'uno. Gli facciamo fare una cucciolata e li vendiamo alle amiche di Camilla, o su Internet (di sicuro non sarà difficile piazzarli). Il ricavato ce lo intaschiamo, cinquanta e cinquanta e chi s'è visto s'è visto.

Il resto della canna lo impieghiamo per ragionare sui rischi d'investimento, sul potenziale ritorno economico e sulle analisi di mercato. Siamo fatti cosí, noi: le cose o le prendiamo sul serio o niente. Poi ridiamo pensando ai conigli per casa, a noi in veste di allevatori. Esageriamo sempre, quando ci perculiamo, ci piace crogiolarci nello scherno reciproco. Ci immaginiamo casalinghe, noi come Camilla a baciare Ciccio sulla bocca, Jacopino la imita con un sasso raccolto da terra.

C'è un sacco di lavoro da fare: dobbiamo informarci sulla riproduzione, e sulla maniera corretta di accudire una coniglia in gravidanza, su come evitare che la mamma si mangi i cuccioli (ho letto che a volte lo fanno). Abbiamo stabilito che li terremo da Jacopino, sul balcone. I genitori saranno a Sperlonga per altri venti giorni e quando torneranno dovrà essere tutto finito, pulito. Non sarà un problema: siamo due ragazzi con la testa sulle spalle, che quando hanno un obiettivo lo perseguono con determinazione. Non ci vorrà molto a far nascere i coniglietti, sarà questione di una settimana al massimo. Gli animali ci sono sempre piaciuti: da piccoli eravamo gli unici della classe a non avere paura di infilare la mano nella gabbia dei parrocchetti che quella pazza della maestra di religione allevava nel laboratorio di scienze.

Stabiliamo che per partire con l'attività ci servono circa cinquemila euro: duemila per acquistare due conigli da Mimmo, un rivenditore di Avellino trovato online, e tremila da spendere in gabbie, paglia, mangime, attrezzatura varia e cure mediche.

Per avere dei fondi da investire giochiamo tutto il pomeriggio alla Snai. D'inverno, quando c'è la Serie A, riusciamo ad alzare anche cento euro a botta, trasformando l'hobby delle scommesse in un vero e proprio lavoro. D'estate la situazione è piú complicata, si disputano solo amichevoli e pochi centri autorizzati ti fanno scommettere su quelle. Ogni tanto andiamo a Capannelle e giochiamo ai cavalli, ma lí sono piú i soldi che perdi che quelli che vinci, essendo un mondo molto complicato dove bisogna essere dei veri esperti. Alla fine ci siamo ritrovati a puntare sui cani virtuali e sul meteo, che di recente abbiamo scoperto appassionarci molto. Abbiamo vinto poco, forse cinquanta euro, ma abbiamo subito reinvestito la somma in gratta e vinci. In tutto abbiamo raccolto sessanta euro. I restanti quattromilanovecentoquaranta li dobbiamo cacciare di tasca nostra, attingendo ai risparmi di una vita, quelli di battesimo e comunione, messi da parte per la prima macchina che avevo intenzione di comprare, ai quali si è aggiunta la paga delle settimane alla Wms erogata dalla Regione e lo stipendio in nero di Jacopino. Soldi destinati a grandi progetti, come quello che bolle in pentola proprio ora, e che non potevo di certo utilizzare per andare a farmi le canne in spiaggia a Mykonos.

Ho deciso che per dedicarmi appieno all'impresa lascerò l'agenzia immobiliare: non mi piace quel lavoro, e non credo ci sia grande margine di guadagno come invece potrebbe esserci coi conigli. La casa ormai ce l'hanno tutti, mentre un coniglio fulvo nano di angora chi ce l'ha? Nessuno, ecco chi.

L'idea di avviare una mia attività, in società con il mio migliore amico, mi mette di buon umore e mi fa sperare che il mondo sia ancora un posto per noi sognatori, come dice Kanye West (ho letto che anche lui da giovane amava gli animali, chissà se la passione gli è rimasta). Steve Jobs all'inizio della carriera viveva in uno scantinato, e non aveva neanche l'acqua corrente! E guardatelo ora. A parte il fatto che è morto, certo.

Mi viene in mente un film, *Joker*. Mi ha molto toccato perché mi ha fatto pensare a quanto può essere brutto sentirsi incompresi, specialmente per chi sa di avere del genio. Non voglio finire come Joker. Sono un uomo creativo, Barbara e Fabrizio avrebbero dovuto intuirlo, ma evidentemente non sono stati in grado di motivarmi, né di stimolare il mio estro artistico.

Con Jacopino sarà un altro paio di maniche, ne sono sicuro.

L'indomani siamo già sul treno di ritorno da Avellino con due gabbie sulle gambe. Mimmo è venuto a portarci i conigli in stazione, pagamento in contanti.

– La femmina si chiama Titti e il maschio Fiocco, – ha detto. Io e Jacopino ci siamo soltanto guardati: i nomi sarebbero stati cambiati.

Hanno un pelo bellissimo, la femmina è arancione con macchie bianche e il maschio beige. Gli occhi non si vedono, e le orecchie spuntano appena.

– Sono buoni, non vi daranno problemi, animali tranquilli –. Mimmo ci ha mostrato i genitali delle due bestioline e ha garantito che hanno entrambi piú di cinque mesi e che quindi sono pronti per l'accoppiamento. Gli abbiamo chiesto anche qualche consiglio pratico, tipo come capire se due conigli «si piacciono», ma lui ci ha risposto di stare sereni. – Se ficcano ve ne accorgete.

– Ma è uno tosto, il maschio?

– Il piú macho d'Italia. Fidatevi.

E cosí dicendo Mimmo se n'è andato via sul suo TMax, lasciandoci proprietari di conigli.

Sul treno cerchiamo nomi che possano incarnare doti come il vigore, la forza, la potenza, e anche augurare un po' di buona fortuna.

Cash e Mercedes sono due begli esemplari. Se ne stanno quieti a dormire nelle loro gabbiette.

Arriviamo a Termini e impiliamo le gabbie con grande difficoltà sul motorino del mio socio parcheggiato in stazione. Ho già avvisato i miei che per un po' me ne starò da Jacopino.

«Se è una bugia, se stai dormendo da qualche drogato, se hai bisogno di aiuto, diccelo subito, noi veniamo a prenderti» è stato il messaggio di mamma, esattamente come mi aspettavo. «Non mi assillare» è stata la mia risposta, esattamente come si aspettava.

Internet dice che ai fini della riproduzione è meglio lasciare i conigli ciascuno nella propria gabbia: i territori dell'uno e dell'altra devono essere ben distinti e impregnati dei rispettivi odori. Ma resistere alla tentazione di prenderli in mano è una vera agonia, quindi ogni tanto facciamo uno strappo alla regola, li tiriamo fuori e li lasciamo saltellare sul tappeto persiano del salone. Abbiamo anche organizzato una gara di corsa in corridoio, posizionando cinque zollette di zucchero in fila sul parquet, durante la quale Cash, il maschio, è stato molto piú lento di Mercedes. Si è distratto a ogni ostacolo e non è riuscito a tagliare il traguardo nemmeno dopo venti minuti. Mercedes, invece, è una vera bastarda. Ha subito capito che arrivando in fondo per prima avrebbe mangiato piú zucchero e quindi ha corso e mangiato, corso e mangiato, raggiungendo il traguardo in quattro minuti e mezzo.

Il giorno seguente hanno entrambi la diarrea. Jacopino ha pulito le prime scariche con lo sgrassatore, ma credo che abbia utilizzato un prodotto non tanto adatto al legno, perché nei punti dove ha passato lo straccio il parquet è diventato di un bel verde acido. Decidiamo di spostare il tappeto sulla parte macchiata, sperando non si noti. All'ora di pranzo la diarrea è tanta che devo correre a recuperare dei pannolini per conigli, per evitare che quei due sporchino pure il divano. Jacopino, invece, rimane a casa a leggere un manuale per allevatori comprato alla Feltrinelli della stazione Termini. Il libro spiega che per la riproduzione è bene mettere la femmina nella gabbia del maschio per qualche ora, per farla abituare all'odore degli ormoni. Sulla determinazione di Mercedes, a dire il vero, non ho dubbi: ha gli occhi iniettati di sangue, non sta mai ferma e tutta la notte è impegnata in attività sue personali come grattare con le unghie sulla gabbia, mordere la ciotola, disossare una coscia di pollo che le abbiamo dato. Cash, invece, è piú pauroso. Si fa la pipí sotto quando lo prendiamo in braccio e spesso trema alla sola vista di Mercedes.

– Cash, devi essere il nostro stallone, – continua a ripetergli Jacopino, e intanto gli mette accanto il telefono con la colonna sonora di *Rocky*. Nulla però sembra temprare il carattere del coniglio. Gli abbiamo fatto delle foto con una canna in bocca, gli occhiali da sole e un cappello della New Era storto sulle orecchie. Erano cosí belle che le ho messe sulle mie *stories* Instagram. Cash mi fa pensare a un nostro ex compagno di classe, uno che poi è finito a chiudersi in camera ventiquattr'ore al giorno. Jacopino se lo ricorda bene. – Damiano, si chiamava, ve'? Ti credo che era sfigato, già il nome era da coglione! Ti ricordi che non sapeva farsi le seghe? – Avevamo tutti paura di finire come lui. Il suo problema era che non scopava, era troppo spaventato dalle femmine. Da un lato… come dargli torto? Adesso un po' lo capisco. Forse mi fa pena. Ma Cash sarà diverso, non c'è pericolo (non facciamo che ripetercelo, perché la storia di Damiano ci riporta a galla ricordi spiacevoli di una preadolescenza passata a misurare la lunghezza dei nostri peni e nessun padre vorrebbe questo per il proprio figlio).

Decidiamo di far accoppiare i conigli la terza sera, dopo averli scambiati di gabbia per tutta la giornata e poi averli rimessi ognuno al suo posto. Mercedes è un vulcano: ha respirato gli ormoni di Cash per dodici ore e adesso è come impazzita. Ha i genitali rossi e tiene il culo all'insú. Ogni tanto si struscia sulle sbarre, soffia, graffia con la zampina per terra. Cash invece se ne sta terrorizzato dentro la sua casetta, con il muso nascosto sotto la paglia, come se il contatto con gli ormoni femminili avesse provocato in lui nient'altro che disagio. Jacopino infila una mano per stuzzicarlo con un po' di fieno:

– Cash, dài. Guarda Mercedes come sta, fai il bravo coniglio, fai vedere che sei un vero maschio. Non sembri figlio mio!

– Diamogli un po' di tempo.

– No, fra', dobbiamo farlo ora. Guarda lei!

In effetti il mio amico ha ragione, sono contento sia il mio socio. Mercedes è esplosiva e caliente, pare avvelenata. Dobbiamo farli accoppiare. Cercando di non farci graffiare, preleviamo la coniglia dalla sua gabbia e la inseriamo di nuovo in quella di Cash. Stavolta insieme. Lei inizia a saltellare di qua e di là iperattiva, annusando ogni angolo, scavando nella paglia. Cash, dal canto suo, non mostra la benché minima intenzione di voler uscire dalla casetta. Alla fine, per forzarlo, dobbiamo smontarla. Mimmo ci ha detto una marea di cazzate: questo coniglio è un cagasotto, un maschio beta, un reietto. Mercedes gli struscia il culo addosso e lui se ne sta lí a guardare il vuoto. Sembra me quella sera a Pag che siamo andati a ballare e una fregna da paura ha deciso di appizzarmi il culo in pista con un balletto molto sensuale. Poco piú in là c'era Bianca che mi guardava e io non potevo muovermi, ero pietrificato. La mia però era paura di beccarmi una sfuriata, non certo mancanza di desiderio sessuale, mentre questo deficiente di un coniglio pare infastidito dalla presenza femminile che sta invadendo il suo spazio.

– Sarà frocio? – Jacopino interrompe i miei pensieri.

– Dici che esistono i conigli gay?

– Guarda che in natura è comune. Tipo gli scimpanzé.

– Che fanno gli scimpanzé?

– Non lo sai?
– No, perché non è vero.
– Si ingroppano.
– Tra maschi?
– Certo. Pure i bisonti.
– I bisonti?
– Quelli del Nordamerica.
– Dici cazzate.
– Te lo giuro.
– Vabbe', questi so' conigli, non sono gay.

Restiamo in silenzio a osservarli. Dopo mezz'ora di strazio, durante il quale lei provoca lui e lui vuole scappare, qualcosa finalmente cambia. Cash prende ad annusare Mercedes, prima davanti, poi dietro. Batte con la zampetta per terra, come a dire: «Adesso tocca a me». Noi stiamo con le facce incollate alla gabbia, cannone alla mano.

– Vai, Cash, vai. Vai, Cash, vai, – lo incitiamo sottovoce, per non disturbarlo. Qualche altro minuto di indecisione e sale sulla groppa di Mercedes. La tiene stretta e inizia a tremare, come in preda a un attacco epilettico. Passano venti secondi di quella che definirei una rapidissima monta tremolante, poi Cash emette un grugnito e si affloscia a terra. È stremato, sembra stia per avere un infarto. Stamattina, mentre ero sul cesso, ho letto sul manuale degli allevatori che se avvenisse un secondo accoppiamento subito dopo il primo ci sarebbero maggiori possibilità di avere una buona fecondazione e una cucciolata numerosa. Proviamo quindi a tenerli ancora insieme, ma non funziona. Mercedes è una tipa territoriale e sta pisciando ovunque, persino sul mangime di Cash. Quando lui si avvicina lei gli soffia e lo attacca. Decidiamo di non infliggere al maschio ulteriore pena: per oggi può bastare cosí. Li separiamo, gli diamo da mangiare e da bere e ne approfittiamo per rilassarci. Siamo fieri del nostro lavoro.

A cena ci premiamo ordinando il Mac e guardando *Avatar*. Ragioniamo sul fatto che ci voglia davvero una mente geniale per pensare certi sviluppi di trama, per scrivere certe scene. Il cinema ci appassiona: io e Jacopino ci spariamo un sacco di roba quando stiamo insieme e abbiamo persino visto *Il Trono di Spade* in meno di quindici giorni. Non so se possiamo definirci propriamente cinefili, però, perché ci sono cose che ci piacciono molto e cose che non ci vanno proprio giú, tipo i registi italiani.

Sul divano, guardando il film, mi viene la giusta ispirazione: l'allevamento si chiamerà Pandora, in onore del pianeta di Jake Sullivan. Suona proprio bene, «Pandora, house of bunnies», «Pandora, we love bunnies» eccetera eccetera. Jacopino prende un'agenda dove appunta tutte le nostre idee e, molto soddisfatto, scrive anche questa. «Nome: Pandora». Quindi va al giorno di oggi e segna: «Accoppiamento». Sfoglia le pagine per qualche secondo. Poi si acciglia. Gira e rigira la stessa pagina, come se cercasse una risposta.

– Ma secondo te quanto ci vuole per capire se è incinta?

Prendo un *chicken nugget* e lo affondo nella salsa piccante, perché questa è proprio una *nice question*.

– Bella domanda.

– Quindi?

– Secondo me già domani qualcosa si sa.

– Dici?

– Avoja. Sí, gli animali sono diversi dagli uomini.

– Le ragazze quanto ci mettono?

– Penso una settimana.

– Comunque domani chiamiamo il veterinario.

Jacopino gira ancora pagina, va a domani. Scrive: «Chiamare veterinario». Poi chiude il quadernino.

– Ninnacanna? – Ha lo sguardo sognante.

Non vedevo l'ora che me lo chiedesse. Siamo ancora alla distruzione dell'Albero della Vita, sullo schermo le immagini dei giganti blu che scappano tra le fiamme. Fumiamo anestetizzandoci, per prendere sonno, e crolliamo svenuti sul divano.

La notte sogno Bianca. Sogno il suo copricostume e lei che cammina sul lungomare di Bari con in mano un Calippo alla Coca-Cola. I capelli raccolti in due trecce lunghe, il rossetto rosso. Mi dice che è felice, che vuole stare con me, ma ora non può. Mi chiede di me, le dico che posso mantenerla, che ora ho i soldi, che ci sono grandi progetti in corso. Vorrei farle vedere i conigli, vorrei dirle di Pandora, ma a lei non interessa, mi saluta e se ne va. Incredibile, penso, questa è una puttana pure nei sogni. La rincorro tutta la notte, e quando mi sveglio sono le undici. Il mio amico non è piú accanto a me. Mi alzo per andare in bagno. Jacopino è in cucina, seduto al tavolo di marmo. Sta prendendo il latte col Nesquik, lo beve ancora, caldo e con la cannuccia, nella tazza delle Tartarughe Ninja. Ha il computer acceso.

– Bello, fra', – lo saluto allungando il braccio per ottenere un cinque. Lui si gira di scatto.

– Abbiamo un problema.

Abbasso il braccio. Deve essere grave, per non degnarmi neanche di un saluto. Mi faccio il caffè. Questa è casa mia, so dove sono le cose, apro il frigo, prendo il latte, infilo la cialda nella Bialetti, mangio i biscotti direttamente dal pacco.

– I conigli…

– … so' morti?

– No.
– E allora?
– Eh…
– Hanno abortito?
– Ma quale abortito.
– E allora?
– Ho scoperto che non ci mettono due giorni a rimanere incinti. Tra due settimane possiamo saperlo. Poi ci vorrà quasi un mese di gravidanza, forse qualche giorno in meno. Se siamo fortunati e l'accoppiamento è andato a buon fine, ovvio.
– Greve.
– Sí, greve.
– Chi te l'ha detto?
– Internet.
– Ma hai controllato su un sito affidabile?
– Tutti i siti dicono la stessa cosa. Potevamo cercare prima.
– E mo?
– E mo dobbiamo trovare una soluzione, ché quando i miei tornano succede un casino: due conigli dentro casa, forse pure un parto. Mamma sbrocca sicuro.
– Mortacci de Mimmo.
– Che c'entra Mimmo?
– Poteva dircelo. Lui lo sapeva.
– A frate', quello è napoletano.
– Mortacci dei napoletani, allora.
– Sempre.
– Quando ce sta Lazio-Napoli quest'anno?
– Settembre andata, gennaio ritorno.
– Non vedo l'ora.
– Je famo vede' noi, a Mimmo. Coi conigli che famo?
– Eh, ci serve un posto.

– Potremmo portarli al parco qua sotto. Li liberiamo lí, o magari costruiamo un recinto.

– Se li rubano, i conigli cosí belli, fra'. Non li vedi come so'? Si capisce che costano.

– E quindi?

– Quindi serve un posto sicuro.

– Casa tua?

– Non se ne parla.

Restiamo in silenzio per un po', a pensare, passando al vaglio un ampio spettro di scenari e possibilità: Villa Ada, il negozio di animali del centro commerciale, il terrazzo condominiale… Tutto d'un tratto Jacopino sembra avere un lampo di genio.

– Ma i tuoi dove stanno?

– A casa.

– E in vacanza non ci vanno?

– Penso a fine mese.

– Dove vanno?

– In Sardegna.

– Quindi casa vostra a Riobianco è libera?

Guardo Jacopino alzando un sopracciglio. L'idea non è poi cosí male. La nostra casa in campagna è sempre vuota, difficilmente i miei ci vanno. E poi per agosto hanno prenotato il traghetto per la Sardegna, dove trascorreranno tutte le ferie. Il nostro business è salvo.

Riobianco è un posto dimenticato da Dio, al confine tra Lazio e Abruzzo. Finché io e mia sorella eravamo piccoli ci trascorrevamo ogni estate, ma dopo la morte di mia nonna quel paese mi ricordava solo cose tristi e quindi ho smesso di andarci. Sono quattro edifici arroccati su una collina e qualche casale in pietra che i piú ricchi hanno ristrutturato e adibito a casa di villeggiatura. La nostra proprietà a Riobianco non è di certo una tenuta da set cinematografico, ma i miei la considerano a tutti gli effetti una villa di rappresentanza, forse perché è questo che accade quando sei povero: ti attacchi a ogni inutile bene pur di sentirti di possedere qualcosa. Nonostante la mia visione un po' critica, la casa è stata scenario di molte feste e riunioni di famiglia, nonché il luogo dove si è tenuto il rinfresco del matrimonio dei miei genitori. Per questo, la mia famiglia ci è molto legata e mamma continua a tenerla arredata e pulita come quando era abitata dai nonni.

I primi anni di liceo ho organizzato a Riobianco dei festini da paura, durante i quali bevevamo vodka alla pesca e facevamo il gioco della bottiglia. Impossibile dimenticare quante volte ci è toccato passare la notte a vomitare nei bagni con le maioliche rosa di nonna, aggrappati al cesso. Il periodo piú bello della mia vita. È stato in quegli anni che tutti noi del gruppo ci siamo fidanzati: battezzavamo a Riobianco la fine della nostra infanzia e l'inizio di una nuova vita da pagatori di cene. Con Bianca ci andavamo nel week-end, per le nostre fughe romantiche. Passavamo due giorni davanti al camino, a sentire musica italiana smielata e a guardare film in dvd: *Harry ti presento Sally*, *Titanic* e *Notting Hill* erano i nostri preferiti. A pensarci ora, un po' mi viene da piangere, un po' mi si gonfia il petto di rabbia. Odio Bianca, cosí come odio questi ricordi di cui non riesco a liberarmi.

Il gusto del macabro di nonna si respira ancora pressoché ovunque: statue di corvi in calcestruzzo si ergono sul prato, vasi con fauci di leoni se ne stanno abbandonati in giardino e due falchi imbalsamati sono appesi in cucina. Una vecchia strana, mia nonna, di certo non il personaggio affettuoso dei racconti per bambini: recitava preghiere, e molte di queste erano invocazioni a Cristo in cui gli chiedeva di far sí che non venissimo mangiati dai diavoli. Credo che la morte le mettesse piú curiosità che paura, visto che era sempre nei suoi pensieri: comprava animali imbalsamati, vivisezionava polli, galline, conigli, abbacchi prima di cuocerli e mangiarli. Per quel poco che le è stato concesso di conoscerla, nonna piaceva moltissimo a Bianca, che la trovava una donna intrigante, piena di segreti e con una gran vita alle spalle: «Dovresti imparare da lei, ti insegnerebbe a essere meno cagasotto».

Sono contento che Jacopino non l'abbia mai incontrata, altrimenti col cazzo che ci dormirebbe, nel suo letto.

– Riobianco è una buona idea, – dico alla fine.

– Domani. O oggi stesso. Ci trasferiamo lí. Si tratta di un mese, al massimo un mese e mezzo per svezzare i cuccioli.

Nel pomeriggio torno a casa per fare le valigie. Mamma è insistente, mi chiede perché tanta fretta, cosa ci sia a Riobianco di cosí speciale, se avessi per caso conosciuto una ragazza di lí. Certe volte è proprio ingenua: come può credere che potrei mai avere a che fare con una paesana che non sa nemmeno riconoscere un'Adidas da una McQueen? Vado con Jacopino, le spiego, è per il fresco, ci aiuta a concentrarci meglio sul nostro futuro. Prometto di tenere tutto in ordine, prometto di dimostrare di avere ventotto anni e di non essere piú un ragazzino. No, non come quella volta del vomito incrostato sul soffitto. Promesso. Croce sul cuore, te lo giuro, mammina. Le do persino un bacio sulla guancia. Nella valigia infilo anche la Play, con tutte le prese, i cavi e i joystick. Non posso rischiare di rimanere confinato in quel buco di culo senza le mie partite a *Gta*.

A momenti Jacopino mi passerà a prendere sotto casa con la macchina della madre, una Yaris del 2008 che ci fa sembrare una coppia gay in villeggiatura. Infilo gli occhiali da sole neri lucidi di Prada, regalo per la triennale dei miei genitori, e scendo col borsone della North Face arancione fluo a tracolla: il mio amico è sotto e non voglio farlo aspettare.

Il viaggio procede liscio: i conigli dormono e vomitano, vomitano e dormono nelle loro gabbiette sporche (non le puliamo da quando li abbiamo presi da Mimmo, troppo sbattimento). In macchina io e Jacopino ascoltiamo la nostra musica preferita a massimo volume: Wiz Khalifa, Notorius, Tupac, Eminem, Snoop Dog e tutto l'hip hop americano anni Novanta e Duemila, rolliamo canne e prendiamo appunti sui prossimi step dell'attività. Ogni tanto, completamente a caso (fingiamo che sia a caso), parte una canzone di Gazzelle che ha per tema la fine di una relazione e noi ci vergogniamo di ammettere che ci piace parecchio (siamo pure stati al concerto allo stadio Olimpico). Durante il tragitto mi impegno ad aprire una casella e-mail e un account Instagram del nostro allevamento: «Pandora Bunnies». L'immagine del profilo è un logo provvisorio che ho creato con il telefono, utilizzando un font corsivo che sembra evocare qualcosa di lussuoso. Il primo post che pubblico è la foto di Cash con il cappello nero, e in descrizione scrivo: «News in town». Come biografia metto: «*Breeding bunnies since 1997*», che significa tipo «Allevando conigli dal 1997»: non è importante l'attendibilità dell'affermazione, quanto che conferisca al tutto un tono serio e professionale. Sono fiero di me, del nome Pandora, della nota internazionale che ho dato al progetto, delle foto che ho fatto in questi giorni a Cash e a Mercedes, di tutte le idee che ho avuto e del business plan per realizzarle. Devo ammettere che quel potenziamento d'inglese frequentato al liceo si sta rivelando piú utile del previsto, alla faccia di quella panzona calabrese della mia professoressa che continuava a ripetermi: «Non c'è niente di male nell'essere poco predisposti alle lingue».

Arriviamo a Riobianco intorno alle diciassette. Parcheggiamo nel vialetto di fronte a casa e scarichiamo la macchina. L'abitazione è una villetta indipendente con un giardino recintato che la circonda e un portico in legno con un grande tavolo e il dondolo, per godersi il fresco della sera.

Ragionando davanti a una bottiglia di Schweppes trovata in frigo (probabilmente risalente al 2001), entrambi conveniamo sul fatto che il portico è la zona che piú si presta a ospitare il box dei conigli. In cantina dovrebbe esserci ancora il recinto in plastica di Pallino, il meticcio senza un occhio di nonna, morto poco prima di lei. Ci attiviamo per rendere lo spazio accogliente: spargiamo la paglia sulle mattonelle, creiamo una cuccia con una scatola delle scarpe, posizioniamo il mangime e l'abbeveratoio con l'acqua, poi recintiamo l'area. Infine, liberiamo Cash e Mercedes che, esausti dal viaggio, corrono a rifugiarsi sotto i cartoni. Strappo un po' di erbacce dal prato e gliele incastro tra le grate del box: sono un allevatore di conigli nato. Poi scatto una foto a quello che potrei definire il primo, vero traguardo di Pandora Bunnies e, tutto orgoglioso, la pubblico sul nostro profilo: «Welcome, new home». Aggiungo: #happy #bunnies #professional #soloilmeglio #certifiedangorabunnies.

La prima settimana a Riobianco io e Jacopino la passiamo sui siti Internet degli allevatori: vogliamo sapere tutto sui conigli d'angora, non dobbiamo piú trovarci impreparati come i primi giorni. Ci siamo molto affezionati a Cash e a Mercedes, e la notte li facciamo dormire in casa, perché temiamo che possa succedergli qualcosa, tipo schiattare di freddo, di paura o altre cose da conigli (che abbiamo scoperto essere animali molto delicati). Trascorriamo le giornate studiando un po' e poi, le restanti quindici ore di luce, giocando a *Gta* o a *Fifa*. La casa non è piú pulita come quando siamo arrivati perché i nostri amichetti producono una grande quantità di pallette di merda, che a entrambi fa un po' schifo raccogliere.

Ho sentito anche mia madre, che mi ha detto che possiamo rimanere a Riobianco quanto vogliamo. – Sono contenta che vi piaccia stare lí, per una volta che sei soddisfatto di una cosa che hai! – Se solo sapesse... Una remota parte di me spera che sia fiera del mio lavoro, ma scaccio subito il pensiero: impossibile. «Gli animali puzzano, sporcano e portano malattie», sarebbe tutto ciò che riuscirebbe a dirmi. Invece io sono soddisfatto di come stanno andando le cose. Mi sento ottimista: i due conigli si stanno abituando alla reciproca presenza nel box e da quando li abbiamo portati a Riobianco li ho spesso colti in fase di accoppiamento. Ogni mattina preparo a Mercedes un frullato proteico ipercalorico (ho letto che fa molto bene alle donne incinte; non sarà poi cosí diverso per le coniglie, no?) Ci metto spinaci crudi, latte, carote, uova, erba e foglie di fico (nella ricetta originale c'era scritto insalata, ma in giardino abbiamo un fico selvatico). La imbocco con la siringa e la obbligo a finire tutto: i suoi cuccioli avranno un pelo perfetto, che poi è quello che fa alzare il prezzo degli esemplari. Da Roma ho portato anche la Reflex di mia sorella, quella che le hanno regalato alla cresima, una Nikon D3100. In cucina ho messo su un set fotografico professionale da fare invidia a Steve McCurry, fotografo alla cui mostra – molto bella, lo ammetto – mi ha trascinato Bianca un pomeriggio (a margine vorrei precisare che quella mostra mi aveva fatto venire un po' d'ansia, in realtà, perché le foto ritraevano solo gente povera che moriva di fame in Paesi sperduti del Terzo mondo: certe cose è bene saperle senza mai approfondire troppo, soprattutto se si è sensibili come me). Sul piano di lavoro accanto al lavabo ho sistemato un lenzuolo bianco e un cesto di vimini pieno di paglia: la mia scenografia. Quando c'è la luce giusta, solitamente al tramonto, metto Mercedes nel cesto e la ritraggo mentre si strofina il musetto con le zampe, circondata da ortaggi freschi comprati ad arte per gli scatti: una melanzana, un pomodoro, un mazzo di carote, delle zucchine, dei peperoni, un cespo di lattuga.

«Pandora Bunnies», che aggiorno ormai quotidianamente anche con *stories*, è già a mille follower, per lo piú boomer e amanti degli animali. Una lezione che ho imparato da quando gestisco l'account è che gli animalisti sono davvero degli schizzati malati di mente e bisogna stare attenti a quello che si posta, perché ogni scusa è buona per darti del violento o, peggio, del bracconiere. «Non si tengono cosí i conigli»; «sono animali molto fragili, vanno accarezzati solo sotto il muso»; «la paglia è pericolosa, potrebbero strozzarsi»; «credete sia simpatico vestirli con indumenti umani?» Commenti indignati che ho ricevuto nel corso di questa settimana, subito cancellati: pure malelingue, accuse prive di fondamento, visto che sto trattando questi due conigli meglio di quanto chiunque abbia mai trattato me. Tra gli utenti, ho riconosciuto anche i profili di alcuni amici vegani di mia sorella, primo fra tutti quello di Simona, che mi pare di capire si sia già attivata con una campagna di sensibilizzazione sulla «libertà animale» tramite il comitato di quartiere. Per questo sono molto contento che Silvia sia dalla mia parte: supporta la mia attività e dice di essere fiera del fatto che io stia finalmente riuscendo a fare qualcosa che mi piace nonostante le critiche. Inoltre, sui social ho anche un bel fandom di persone che si stanno innamorando di Cash e Mercedes, utenti che non possono fare a meno di notare la nostra naturale inclinazione alla cura degli animali e che presto trasformerò in dirette fonti di profitto.

Dopo dieci giorni scopriamo che Mercedes è incinta! Ce lo comunica il veterinario del paese, Patrizio, da cui abbiamo portato i conigli per un controllo. Quella che prima era una mera eventualità ora è certezza, e noi siamo su di giri. Per l'occasione festeggiamo con un'insalata di cetrioli e pomodori che mangiamo anche io e Jacopino, ormai piú simili ai conigli che alle persone. Scopriamo pure che, una volta nati i piccoli, dovremo spendere un sacco di soldi in vaccinazioni, iscrizione all'anagrafe, registrazione degli animali e procedure legali. La faccenda si fa piú complicata del previsto, ma, come diceva Jim Carrey: «È meglio rischiare di morire di fame che arrendersi. Se si rinuncia ai propri sogni, cosa rimane?»

– Alle brutte vendiamo la Play, – mi dice una sera Jacopino, mentre riempie d'acqua l'abbeveratoio.

– Piuttosto mi ammazzo.

– Possiamo rinunciare a quella piú che ad altro.

– Se io vendo la Play, tu che vendi?

– Io non ho niente qui.

– Allora non si vende niente.

In realtà credo che il problema economico dipenda piú dal nostro stile di vita che dai conigli. All'inizio, avevamo il capitale per avviare, ma adesso le finanze iniziano a scarseggiare, forse per colpa delle continue cene in paese (il tartufo fresco sulle pizze è irresistibile), dei gratta e vinci, e delle Iqos che fumiamo in pratica h24. Dobbiamo tenere duro per un altro paio di settimane, tre al massimo, e poi tutto sarà in discesa.

Ormai ci stiamo specializzando in allevamento conigliare (non ricordo se fosse questo il termine preciso, ma mi pare di sí) e facciamo a Cash e Mercedes delle foto da veri esperti, come quelli che stanno in fissa con gli animali, per fare vedere la purezza della razza: li teniamo in piedi, stendiamo il loro corpo, misuriamo il garrese, mostriamo la pancia e le zampe, immortaliamo la coda. Riceviamo sempre piú commenti di signore appassionate, la maggior parte di loro sulla sessantina, vecchie che vorrebbero sapere quando ci sarà la prossima cucciolata, se sono già in vendita o se abbiamo un sito web (sarebbe molto utile, ma non lo possiamo creare, ci esporrebbe troppo alla Finanza).

A volte ci acchittiamo con le camicie della Ralph, i cappellini da pescatore (vero simbolo di appartenenza a Roma Nord), i pantaloni a sigaretta in misto lino e le Stan Smith. Abbiamo comprato su Amazon due guinzagli per conigli, con pettorina, e cosí vestiti ce ne andiamo ai giardini del paese, dove scattiamo tantissime foto: Mercedes in braccio a Jacopino accanto a uno spritz, Cash che saltella su una panchina. I nostri contenuti, ormai, superano in media ciascuno i cinquecento Like e i cinquanta commenti. Ho creato anche un montaggio di clip dei due conigli che si avvicinano con i musi e giocano a rincorrersi. Come musica ho scelto una versione acustica di *I Love You Baby (Can't Take My Eyes Off You)* che va fortissima in una cover su TikTok, e nella descrizione ho messo «Family soon», #love #bunnies #amore #family #cuccioli #in #arrivo. Questo reel in particolare ha riscosso parecchio successo, credo dovuto all'effetto con colori saturi che ho applicato a ogni video, nonché al mio impegno e alla mia dedizione. Il vero obiettivo è trasformare i nostri conigli in un'istituzione, un simbolo d'orgoglio di classe, e credo proprio che stiamo per riuscirci.

Mercedes ha partorito di notte, dopo ventisette giorni di gestazione, e noi nemmeno ce ne siamo accorti. La pancia era diventata bella grossa e le erano anche calate le mammelle, ma la totale assenza di contrazioni e di dolori ha fatto pensare al veterinario che ci sarebbe voluta almeno un'altra settimana. Patrizio è un vero imbecille, ma da una parte sono contento sia andata cosí, altrimenti gli avremmo dovuto dare duecento euro, mentre, come abbiamo potuto constatare, la nostra coniglia è autonoma, autosufficiente e perfettamente in grado di gestirsi le cose sue per i fatti suoi. D'altro canto, però, nel tempo sono diventato molto apprensivo con Mercedes e quando stamattina mi sono svegliato senza trovarla ho pensato al peggio. Dopo ore a cercare invano per casa, abbiamo notato una striscetta bagnata che finiva dietro al divano e cosí, spostandolo con cautela, l'abbiamo trovata sdraiata sul tappeto, in mezzo ai cuscini e ai cartoni della pizza vuoti e con un mucchio di esseri spelacchiati intorno. Speravamo che i cuccioli fossero tanti, ma quattordici è un numero che supera di gran lunga le nostre aspettative! Sono corso subito in camera a prendere il telefono per fare un bel video da mettere nelle *stories*. Certo che i piccoli sono proprio bruttini... Forse dovrei aspettare qualche giorno prima di riprenderli. Sono minuscoli, rosa e senza peli, e mi ricordano Benjamin Button nella scena iniziale.

– Come facciamo ora? Li spostiamo?

– Per forza, qua stanno scomodi.

– Dici che ci graffia?

– Ormai ci conosce.

– Tu sei la sua madrina, fallo tu.

– Coglione. Sei tu quello con i capelli piú lunghi!

– Tu però hai la collana.

– È una capezza d'oro, ce l'hanno tutti i rapper.

– Sempre di collana si tratta.

– Facciamolo insieme.

Mettiamo Mercedes nella sua gabbia, da sola con i piccoli, e puliamo, stavolta sí, dietro al divano, perché il tanfo di non so che liquidi del parto non ci permette piú di abitare serenamente in casa. Prendiamo l'agenda e segniamo: «Parto». Il resto della giornata lo impegniamo a trovare i nomi per i nuovi arrivati. Il piú grande si chiama Benz. Poi ci sono Audi, Spider, Bmw, Jaguar, Daytona e altri che ora non ricordo. A cena ci spariamo un petto di pollo alla piastra (il macellaio aveva anche il coniglio, ma abbiamo smesso di mangiarlo) e decidiamo che a breve la nostra reclusione in campagna dovrà finire: non possiamo continuare a stare qui, ormai l'estate è agli sgoccioli e i miei sono rientrati dalla Sardegna, quindi potrebbero iniziare a insospettirsi per la mia assenza prolungata. Se non voglio che vengano a ficcanasare dobbiamo tornare a Roma. Mercedes e Cash invece devono rimanere, non possiamo portarli: i cuccioli sono troppo piccoli per affrontare il viaggio e poi verremmo letteralmente trucidati dalle nostre famiglie. Saremo noi a viaggiare, a tornare ogni due giorni, tre al massimo.

– Ci serve qualcuno a cui affidare l'impresa in nostra assenza. Qualcuno che possa tenere la situazione sotto controllo.

L'unico amico d'infanzia che mi rimane qui si chiama Giorgio ed è il barbiere del paese. So che ha divorziato da poco dalla moglie e che lei l'ha lasciato pieno di debiti e con due figli a carico per andarsene in Argentina con un operaio di un paese vicino. Lo chiamo e si mostra subito disponibile (forse ha bisogno di soldi). Ci incontriamo poco dopo, viene a casa. Metto su la moka, chiacchieriamo del piú e del meno. Di Giorgio noto subito la capigliatura: anni Ottanta italiani, che sono diversi da quelli inglesi e americani, i nostri anni Ottanta con basette lunghe e piega all'indietro. Se li taglia da solo, i capelli, ci dice, e se vogliamo ci dà una spuntata anche a noi. Io e Jacopino ci guardiamo, poi entrambi spostiamo lo sguardo sui nostri ciuffi, onde perfette che cadono voluminose sulle fronti: anni Venti del duemila, corso Francia. Sono sicuro che il mio amico sta sudando freddo quanto me. No grazie, rifiutiamo l'offerta accampando scuse: ci piacerebbe, ma siamo di corsa, oggi torniamo a Roma, magari la prossima volta. Davanti a tre tazzine di caffè spieghiamo a Giorgio il lavoro, è semplice: cinquanta euro a settimana, lui deve solo controllare che ci sia tutto, che i conigli stiano bene, che abbiano il mangime e l'acqua, ogni tanto un po' di verdura fresca, qualche carezza perché sono abituati cosí, hanno bisogno di compagnia. Questi conigli non valgono niente (mentiamo, non vogliamo si sparga la voce), ma hanno un valore elevato per noi, erano di un parente di Jacopino ora scomparso, puoi capire? Certo che può capire, lui, Giorgio, un uomo di chiesa, una persona sincera con le mani da lavoratore. Capita che ne regaliamo qualcuno, quindi quando torniamo ti avvisiamo almeno puoi prepararlo, lavarlo, magari, hanno un pelo speciale, vedi? Se si arruffa va pettinato, ma fai piano, altrimenti ti mordono. Non prendere nessuna iniziativa senza di noi, sia chiaro.

Sa badare agli animali, ci spiega lui, la madre e il padre erano contadini, hanno avuto i maiali e tanti conigli, galline, polli: tutte bestie da macello.

La notizia non ci rassicura, ma è la nostra sola possibilità. Dobbiamo rientrare a Roma, occuparci della pubblicità e della vendita.

– Puoi spostare i mobili, sistemare come meglio credi, nessun problema.

Giorgio è stempiato e accanto a noi sembra nostro padre anche se siamo coetanei. I ragazzi di paese sono tutti cosí: giovani ma vecchi, vestiti con la moda dei genitori e rimasti estranei ai tempi che cambiano, a Internet, ai telefoni, alle fregne che ora vanno al mare con il piercing al capezzolo. Questo ragazzo mi fa riflettere che nella vita sia meglio ingegnarsi per guadagnare tanti soldi in modo furbo, e magari pure spregiudicato, piuttosto che spaccarsi la schiena con un lavoro onesto: in un mondo dove tutti fottono, devi essere tu a fottere per primo.

Alla fine Giorgio se ne va contento della nostra offerta, salutando con educazione e promettendo foto di Cash e Mercedes quotidiane, che sfortunatamente scatterà col suo misero telefonino. Poco dopo arriva il momento di salutare la casa che ci ha ospitato in quest'avventura. Un ultimo abbraccio ai nostri adorati conigli: li guardo giocare con la loro pallina preferita, quella col sonaglio. Mi commuove doverli lasciare.

Abbiamo spostato il box e le gabbie all'interno, in salone, cosí da stare tranquilli. Mi mancherà questo posto e mi mancheranno le serate davanti alla televisione con i conigli in braccio. Chi l'ha detto che noi uomini non sappiamo essere affettuosi? Se solo Bianca fosse stata dolce la metà di questi conigli, forse, e dico forse, mi sarei sentito amato.

Sono passati due mesi dalla nascita di Benz e i suoi fratelli. La Pandora Bunnies è un'attività solida e in salute, con un dipendente e due amministratori delegati, rispettivamente: Giorgio, il sottoscritto e Jacopino. Abbiamo già venduto sette conigli della prima cucciolata e altri tre sono in trattativa. L'iter è semplice, sempre lo stesso: qualcuno chiede dei conigli nei messaggi o nei commenti, noi mandiamo qualche foto di repertorio, poi spariamo il prezzo: duemila (non abbiamo il pedigree, meglio non puntare troppo in alto). Dopo qualche giorno dal primo scambio di informazioni, se il pesce non ha ancora abboccato, ci facciamo risentire, magari con uno sconticino speciale, è l'ultimo della cucciolata, un vero amore, il piú dolce di tutti: millecinquecento euro. Trattabili? Vediamo che possiamo fare. Solitamente riusciamo a chiudere intorno ai milletrecento, che mi pare un ottimo risultato per un'attività ai suoi inizi. Certo, c'è stata qualche difficoltà, come quando abbiamo chiesto a Giorgio di lavare Benz, che era stato acquistato da una famiglia dell'Olgiata, e lui ce lo ha consegnato con una capigliatura cotonata, extra voluminosa, simile a un mullet. Sembrava Baglioni ai tempi di *Strada facendo*, l'album preferito di mamma. Abbiamo dovuto spiegargli che, anche se quei conigli erano in regalo, le persone non volevano ospitare in casa una bestia che assomigliasse a Cher nella foto in cui sembra che abbia una spazzola in testa. Spero tanto non si sia offeso, perché è un aiutante prezioso e si è affezionato molto ai nostri animali, arrivando addirittura a proporci di allargare l'attività – «una espansione minima, con qualche nuova gabbia per ospitare piú cucciolate» – ovviamente in cambio di un piccolo aumento. «Potremmo iniziare a venderli al mattatoio», ci ha detto un giorno sul nostro gruppo WhatsApp. Mi sono sentito un po' in colpa, prima o poi dovremmo metterlo al corrente del business. Forse non l'abbiamo ancora fatto perché stentiamo a credere che Giorgio possa essere davvero cosí ingenuo da non essersi accorto della verità: continue visite di signore ben vestite, conigli dal pelo lucente che escono in braccio a bambini con le McQueen, conigli che mangiano le carote dell'Elite... Povero Giorgio. Sí, merita decisamente un aumento, ne discuteremo alla prossima riunione del consiglio.

Il consiglio è l'organo a cui è affidata la gestione della società e solo e soltanto il consiglio può prendere le decisioni piú importanti. Ne facciamo parte io e Jacopino. All'ordine del giorno della prossima riunione c'è la questione delle uscite, che devono iniziare a essere rendicontate e controllate. Non deve piú avvenire, per esempio, che senza la mia approvazione vengano spesi trecento euro per un castello rosa delle principesse per conigli. O per uno zaino a marsupio «conigli in spalla». O per una mangiatoia automatica con telecamera di sicurezza. Comunque, nonostante questi piccoli disguidi, io e Jacopino siamo una bella squadra e vorremmo implementare la nostra attività con altri servizi del magico mondo dei conigli: la vendita di accessori personalizzati, la tolettatura (per questo dovremo formare meglio Giorgio, anche se servirà un po' di tempo), una pensione estiva, una scuola di addestramento. Di base c'è pure l'intenzione di mettersi in regola, prima o poi, ma per ora non c'è fretta.

La questione piú grande, ad oggi, è rappresentata dai miei genitori che, ancora ignari della Pandora Bunnies, sono parecchio preoccupati.

– Non capiamo da dove li prendi, i soldi per tutte queste cose, – (e per «tutte queste cose» credo intendano la barca affittata con Jacopino all'Argentario lo scorso week-end per goderci queste bellissime giornate di sole autunnale, o la giacca di pelle Versace nuova di zecca).

– Se hai problemi con le droghe, diccelo. Noi possiamo aiutarti!

I miei sono tra i pochi a non sapere ancora nulla (e questo anche grazie a Silvia, che mi aiuta a tenere il segreto): la pagina Instagram è ormai nota, i nostri animali sono un vero successo, soprattutto tra le famiglie della nobiltà capitolina e tra i vip.

La piú grande soddisfazione è stata quando ci ha contattati una di quelle presentatrici della tv che tanto piacciono a mamma, il cui nome per una questione di privacy ho promesso di non rivelare. Io e Jacopino, sempre con la Yaris del 2008, siamo andati a casa sua, una splendida villa sull'Appia antica, per portarle Cayenne tutta infiocchettata. Quel giorno ho anche scattato un sacco di foto, ma ancora non le ho potute condividere sui social: se compare un personaggio famoso bisogna essere fiscalmente inattaccabili, e noi mi pare evidente che al momento non lo siamo.

Dopo la prima cucciolata abbiamo avuto altre quattro nidiate (due di Mercedes, una di Daytona e una di Spider, due coniglie della prima cucciolata che abbiamo tenuto a scopo riproduttivo e abbiamo fatto accoppiare con un nuovo maschio comprato da un amico di Mimmo). Ora sono cinquanta conigli in tutto, molti venduti, altri in trattativa, altri ancora tenuti per l'allevamento. Abbiamo allargato i box e creato un sistema a rotazione: nido accoppiamento, nido parto, gabbie allattamento, gabbie svezzamento. In bagno c'è la stanza della tolettatura, e Giorgio sta pian piano imparando a tosarli (ancora con qualche difficoltà). Ora ha lasciato il suo vecchio lavoro di barbiere, è stipendiato da noi e riceve una bella sommetta dalla Pandora Bunnies. Lo abbiamo messo a conoscenza del fatto che a volte, non sempre e non regolarmente, può capitare che qualcuno voglia acquistare i conigli, e allora li vendiamo a modiche cifre. Giorgio è una persona taciturna, non fa troppe domande e sembra soddisfatto dell'impiego, per questo lo abbiamo premiato assegnandogli il titolo di dipendente dell'anno, con tanto di torta alla carota e spilla sul petto.

In giardino c'è un tubo gigante, variopinto, di quelli che si vedono nelle gare di Agility dog. L'ennesimo acquisto di Jacopino, che però stavolta potrebbe rivelarsi utile per la scuola di addestramento, la cui apertura è in programma per marzo. Mercedes e Cash sono i re del nostro impero, coloro che ci hanno permesso di realizzarci come uomini e come Ceo. Da una parte sogno, un giorno, di portarli a casa con me, lontano da Riobianco, ma dall'altra spero che quel sogno possa avverarsi il piú tardi possibile, perché vorrà dire che i nostri due amici ci avranno regalato ancora tante e tante soddisfazioni.

È una fresca mattina di novembre, il sole brilla alto nel cielo romano e io sono di ottimo umore. Innanzitutto sono un imprenditore, e questo non è poco. Poi la Lazio è seconda nel girone di Champions a un punto dall'Atletico. Infine, sono terzo al Fantacalcio, a pari merito con il secondo (Sandrino, fantallenatore dell'As-Temio) e a pochissimo dal primo (Paoletto, fantallenatore di Team Culo). Sotto il materasso, ormai da qualche tempo, inizia a esserci un bel gruzzoletto, circa diecimila euro in contanti, e quando dormo mi sembra quasi di poter sentire il bozzo all'altezza della schiena.

Oggi è sabato, mio padre non lavora e anche mia mamma è in casa. Sta aiutando Silvia a compilare certi moduli per andare a studiare letteratura scandinava in un paesino sperduto della Norvegia. Assurdo come mia sorella non riesca a vedere neanche nell'Erasmus un'occasione di sesso e festa garantita. Forse questa dell'Erasmus è l'unica notizia che disturba la mia serenità attuale: non sono abituato a vivere da solo con i miei, e poi Silvia è la mia piú grande alleata, nonché la mia roccia (per questo ho una rosa dei venti con le sue iniziali sull'avambraccio). Quando i miei minacciano di voler indagare sulla mia attuale occupazione la sento tra le mura di casa mentre prova a trovare un diversivo, a convincerli affinché mi lascino un po' di spazio e mi diano piú fiducia. Quando anche le sue motivazioni non bastano a placare la fame di informazioni di mamma e io non sono in casa, solitamente mi chiama e mi dà consigli piú che validi, ma che purtroppo raramente seguo: «Dovresti iniziare a dire qualcosa; sono insistenti; prima o poi lo scoprono...» Ma a questo per adesso non voglio pensare: voglio godermi il mio successo e voglio divertirmi con Silvia finché è qui, soprattutto ora che ho le risorse economiche per farlo.

Mamma per pranzo ha preparato di nuovo insalata di riso, anche se il tempo dei piatti freddi estivi dovrebbe essere bello che finito. Spero tanto che la mia prossima fidanzata sappia cucinare, non ne posso piú di donne handicappate. Le ragazze di oggi non sanno fare un cazzo, nemmeno una misera aglio e olio, e se ti lamenti di qualcosa la loro unica argomentazione è: «Perché, non puoi farlo tu?» Vorrei tanto rispondere a queste decerebrate che io posso farlo, certo, ma che sarebbe bello anche ricevere le attenzioni di una donna, ogni tanto. Di solito però evito di dire quello che penso, perché non mi va di sentirmi ripetere la storia del maschilismo e dei preconcetti sessisti che annebbierebbero il mio cervello di uomo. Insomma, mamma oggi ha fatto di nuovo l'insalata di riso, condita con scatolame e maionese. A parte questo, sono contento di pranzare in famiglia e di essere cosí fortunato da avere un posto da chiamare «casa», cosa che non tutti possono vantare.

– Allora, che combinate? – a tavola mamma la prende alla larga, si finge interessata a entrambi i figli, ma so che dentro muore dalla voglia di scoprire qualcosa di me.

– All'università sto preparando un esame sulla letteratura russa di fine Ottocento. Bellissimo. Vi ricordate quando abbiamo visto *Anna Karenina* in tv? – ecco che mia sorella tira fuori uno dei suoi aneddoti, una storia in cui eravamo uniti e felici e facevamo cose che non ricordo di aver vissuto. A volte ho il dubbio di non essere io, quello dei suoi racconti: magari c'era un terzo fratello, prima, ormai scomparso e rimpiazzato da me.

Squilla il telefono di Silvia e lei si alza per rispondere, di sicuro è il tipo del Cinema della Piazza, Riccardo, il maledetto che se le dovesse spezzare il cuore quanto è vero iddio se la dovrà vedere con me. La osservo mentre si dirige a passo svelto verso il bagno. Non sono pronto a vedere Silvia fidanzata seriamente con qualcuno, spero non lo porti mai a casa.

– Mi stai ascoltando? – papà ora mi guarda.

– Sí, l'olio, – ripeto l'unica parola che ho sentito.

– Devo anda' a prenderlo, l'abbiamo finito. Me lo vende 'n amico, vuoi veni' co' me?

– Quando?

– Domani.

– Domani, domani... Eh, vorrei tantissimo, ma ho un pranzo a Fregene, abbiamo prenotato un tavolo in questo posto dove ti portano delle caraffe giganti di mojito e suonano il gong al tramonto...

– La vita tua, eh! – mia sorella torna in cucina e mi fa l'occhiolino. Ogni tanto mi dispiace per lei, è vittima della sua figura beatificata e non potrà mai liberarsene, come invece faccio io che mi diverto e non passo mai una serata a casa. Secondo me un po' mi invidia.

– Vieni con me a Fregene, domani? – la provoco.

– Devo studiare, – mi liquida lei.

– Non so come tu faccia a permetterti questa vita, – sbotta d'improvviso mamma. È stata in silenzio per troppo tempo e ora interviene, deve, o rischia di farsi scoppiare la vena sulla fronte.

– Ma perché, a te non piace bere con gli amici? Dovresti divertirti pure tu, – replico.

– No, non mi piace bere.

– Che palle. Ma nemmeno un margarita? Ci mettono il sale intorno, è fresco, ma anche agrumato, con il lime.

– Non mi piace il lime.

– Secondo me il mojito ti piacerebbe. Sa di menta, con lo zucchero… – interviene mia sorella.

– Oppure un bel whisky sour, fresco: è dolcissimo.

La conversazione va avanti cosí per un po'. Succede con una certa frequenza, io e mia sorella che proviamo a trovare un alcolico che possa invogliare mamma. È il nostro gioco, probabilmente l'unico modo che abbiamo di scherzare con lei.

– Ma perché mi dovete convincere a tutti i costi?

– Dài, mamma, ma se non hai mai provato! – dice Silvia.

– Silvia, non ti ci mettere pure tu. Non ci posso pensare, che tu conosca tutti questi superalcolici, – si rivolge a mia sorella. Silenzio in cucina. Su di me non ci sono dubbi, ma lei! Proprio lei che si avvicina alla santità…

– Tranquilla, mamma, lei beve solo vino consacrato, – un altro occhiolino, stavolta il mio.

Mia sorella ride. Nel frattempo papà, che non ha piú detto una parola, si è alzato da tavola, sta andando a fare una pennica.

– Potevi pure dirgli di sí, per domani, – mamma mi rimprovera sottovoce.

– Col cazzo che mi rovino i piani per un po' d'olio, – dico, e dicendolo ancora non so che in realtà i miei piani saranno rovinati, proprio per colpa della mia negligenza di figlio.

L'indomani papà si sveglia presto, verso le sei e trenta. Non lo sento nemmeno uscire. Indossa il suo bel maglione blu anonimo un po' infeltrito e il piumino nero dell'Upim con l'elastico in vita. Scende in ascensore, butta la spazzatura, e monta sulla Scenic con una meta ben precisa: Riobianco.

Il racconto che segue è frutto di una mia libera ricostruzione degli eventi, cosí come sono riuscito a riordinarli basandomi sulla testimonianza del protagonista della vicenda, mio padre, e sulla colorita rivisitazione di mia madre.

Superato il traffico iniziale dell'imbocco del raccordo, la strada è libera. Alla radio, *It Only Takes a Minute*, dal disco *Take That & Party*. Papà fischietta di buon umore, fa la coda al casello. Paga, rigorosamente con monete spicciole, «la carta te la hackerano, meglio non utilizzarla». Si rimette in marcia. Quando arriva a Riobianco sono circa le otto e un quarto, minuto piú, minuto meno. Imbocca il vialetto alberato, quindi svolta a destra, in direzione della casa di nonna. Deve passare a prendere dei fusti vuoti in cantina, avanzati dall'anno precedente. Quando giunge davanti al cancello, nota una macchina accostata, con le quattro frecce accese: un'Audi Q3, grigia, scintillante. Poco distante c'è una signora sulla cinquantina con i capelli biondi, perfetti, un Barbour Ashby blu e stivali marroni scamosciati sopra un paio di jeans scuri. Sembra appena uscita da un torneo di polo. Papà si avvicina. La squadra da dentro la macchina. Lei sembra contenta che finalmente ci sia qualcuno, gli fa cenno con la mano: – Scusi, scusi tanto, non riesco a trovare questo indirizzo, – ha un tono deciso, non sembra una che si lascia intimidire da una strada sbagliata.

– Mi faccia vede', – risponde mio padre, contento di poter spiegare qualcosa a qualcuno già di prima mattina.

– Ecco, – lei gli porge il telefono su una schermata aperta, – vede? Il navigatore si ferma qui…

– Strano. L'indirizzo è questo. Chi sta cercando?

– Pandora Bunnies.

Mio padre aggrotta le sopracciglia.

– L'allevamento, – precisa la signora.

– Mi dispiace, ma qui non c'è nessun allevamento. Quella è casa mia, – e indica con il dito il cancello chiuso. – Mi faccia controlla' di nuovo, magari non ho letto bene… No, però qui c'è scritto cosí. Avranno sbagliato, forse 'n altro paese…

– Proverò a chiamare, grazie lo stesso!

La signora bionda rientra in macchina, leva le quattro frecce e abbassa il freno a mano. Prima di partire si infila gli occhiali da sole a goccia della Ray-Ban, un classico delle milf di quella generazione. Poi abbassa il finestrino e saluta mio padre: – Grazie ancora, arrivederci!

– Arrivederci, – risponde lui, di buongrado. Quando la macchina è lontana può tornare a rilassarsi. Emette anche un piccolo peto (questo me lo immagino benissimo). La cosa lo fa sorridere. Fischietta di nuovo.

– È tutta matta, la gente, – mormora sghignazzando. Sta già pensando allo splendido pranzo che lo aspetta a casa di zia Sandra, la sorella di mamma che vive a Riobianco: gli ha promesso i ravioli al sugo e lo spezzatino con le patate. Dopo aver parcheggiato, controlla la cassetta della posta: vuota. Qualcosa di insolito, però, attira la sua attenzione. È una targhetta adesiva attaccata al citofono. È la prima volta che la nota. «Che strano», pensa. Si avvicina e legge la piccola scritta in corsivo: «*P - a - n - d - o - r - a - B - u - n - n - i - e - s*». Si gira verso il vialetto, come a cercare la macchina della signora bionda, che però a questo punto deve essere già in paese. «Non è il caso di farsi troppe domande, in paese ci sono tanti teppistelli che si divertono a fare gli scherzi alla gente». Di sicuro questo è ciò che ha pensato mio padre, uomo pragmatico di poca fantasia, e cosí rassicurandosi strappa l'etichetta. Poi apre il cancello, entra in giardino e parcheggia. Ad accoglierlo, proprio nel mezzo del prato incolto, c'è un grosso tubo colorato. Sembra uno di quelli che si usano per allenare i cani: li vede sempre al centro di addestramento sull'Olimpica. «Molto, molto strano». Per passare sposta il tubo con un calcio e procede in direzione dell'ingresso, adesso un po' piú celere.

Mentre succede tutto questo, io sto dormendo beato nel mio lettino con la testiera ad ali di pipistrello, a sessantotto chilometri di distanza. Il cellulare, in silenzioso, prende a squillare ripetutamente: un numero che non ho salvato in rubrica e da cui ricevo anche parecchi messaggi.

«Non riesco a trovare l'indirizzo, sono a Riobianco».

«Mi confermi Riobianco?»

«Ci sei?»

«Sto per tornare a Roma. Sono allibita!»

«Scommetto che qua ce viene la gente a gioca' coi regazzini e manco c'hanno la decenza de porta' via le cose», pensa papà, avvicinandosi alla porta di casa. Sotto il portico, con i piedi sullo zerbino, avverte uno strano odore, che non riesce a decifrare bene: un sentore di stalla, simile a quello che ricorda quando da piccolo lo portavano a vedere i pulcini. È fieno, ma anche cacca, forse di cavallo? Magari le pecore di qualche contadino sono passate di lí. Gira la chiave. Una, due, tre mandate. Spinge la porta. La puzza di escrementi che lo investe è tale da costringerlo a coprire naso e bocca con un lembo del giaccone. Cerca a memoria l'interruttore della luce, sulla destra. Quando la stanza si illumina deve reggersi alla consolle in legno per non cadere.

Davanti ai suoi occhi, una distesa di fieno. Una moltitudine di gabbie e gabbiette, non ne ha mai viste cosí tante. Sembra che il luogo sia stato occupato dalla famiglia Amadori.

– Ma che cazzo...

Si avvicina per vedere meglio. È proprio fieno, conclude. Ce n'è ovunque; e paglia, altalene, abbeveratoi, mangiatoie. E gabbie. Dentro ognuna di esse ci sono almeno tre o quattro esseri pelosissimi, tanto pelosi che non si capisce nemmeno che razza di bestie siano: indistinguibili, con tutto quel pelo. Ne solleva uno per la collottola. Quello scalcia, si dimena, ma non riesce a divincolarsi. Il respiro di mio padre si fa pesante. Si porta l'esserino a un palmo dal viso ed è allora che nota gli occhi, piccoli e neri, i denti da roditore, la faccia curiosa, le orecchie. Accecato dalla rabbia, lo getta a terra, senza curarsi troppo dell'incolumità del poveretto. Una goccia di sudore freddo gli scivola lungo la tempia. Poi si guarda ancora intorno. E piú guarda, piú gli viene l'affanno. Sacchi ovunque, soprattutto sulle superfici rialzate e sul divano: mangime, erbetta.

Sul fondo della sala, appeso a una parete, c'è un grosso striscione di plastica, come quelli pubblicitari. «*Welcome at Pandora Bunnies*», e tutto intorno arcobaleni colorati, cuori, stelle, fiori, nuvolette.

– Non è vero… – mio padre batte ripetutamente le palpebre, stropiccia gli occhi con le mani. – Non pò esse'… – Avverte un dolore in mezzo al petto.

Cerca di schivare gli ostacoli, ma piú va avanti piú la rete si infittisce. Alcune gabbie sono unite tra loro da corridoi, gallerie, scivoli. Sembra un parco a tema in miniatura.

No, non è un sogno, è tutto vero.

Il dolore al petto si fa piú forte. Una fitta intercostale. «Forse è un infarto, deve essere un infarto, è questo che si prova!» pensa.

Preme con una mano all'altezza del cuore, lui che ha la pressione alta, lui a cui il dottore dice sempre di non affaticarsi troppo e di non correre, soprattutto quando fa caldo. Chissà cosa direbbe, il dottore, se vedesse quello che lui ora sta vedendo.

Si accascia a terra: le gambe non lo reggono piú. Prende il telefono, riesce a comporre un solo numero. Tre cifre.

Sincope. È la diagnosi definitiva del primario. Mio padre ha avuto una sincope causata da un'aritmia cardiaca.

– Niente di grave, lo teniamo qualche giorno sotto osservazione. Nei pazienti tachicardici è comune, soprattutto a seguito di un grande spavento.

Non succedeva dal 2013, precisamente dalla finale di Coppa Italia allo stadio Olimpico, Lazio-Roma, uno a zero. «Tachicardia parossistica sopraventricolare», quella volta.

In casa l'aria si taglia col coltello. Dopo un paio di giorni al pronto soccorso piú vicino a Riobianco, dov'era stato ricoverato d'urgenza, papà è stato dimesso e ora è qui, è tornato a occupare la sua naturale posizione: schiena dritta, gambe allungate, telecomando in mano sul divano in ecopelle.

Io sono una sorta di fantasma: non devo muovermi, non devo proferire parola, non devo respirare. Un solo passo falso decreterà la mia fine. Mi sento in colpa per la storia dei conigli? Sinceramente? No. Non posso mentire a me stesso, la mia coscienza, per quanto mi riguarda, è pulita: i miei genitori sono delle persone esaurite, isteriche, ottuse, e non cederò al rischio di legittimare la loro stoltezza avanzando delle scuse. Ma poi: delle scuse per cosa? Per essermi finalmente realizzato?

Da quattro giorni a questa parte mamma ha battuto il suo record personale in recitazione di rosari (è lei a detenere il primato mondiale, quindi la sfida è con sé stessa). Non c'è stato momento delle passate novantasei ore in cui non l'abbia vista con una corona in mano: le labbra socchiuse che si muovono in maniera appena percettibile, le mani giunte, a volte un tocco sulla fronte. Il suo libretto *Nostra Signora prega per noi*, portatole da Lourdes in regalo da zia Sandra, è ormai logoro, illegibile, ridotto a carta straccia. Da che ha scoperto su Twitch il gruppo di preghiera Pray home pray safe, poi, è totalmente devota alla redenzione: il suo obiettivo, «in questa seconda fase della vita», è salvarci, tutti, me in particolare, la causa persa, il figlio senza cuore. Il suo cattolicesimo, negli ultimi tempi, è diventato una commistione di generi: canta Mr Rain sostenendo che *Supereroi* è una dichiarazione d'amore a Dio, condivide video di suore di clausura che fanno balletti sulle note di *Servo per amore*, è una delle piú fedeli e pie seguaci di Matthieu, un prete francese che fa i video su TikTok.

Per quanto riguarda il mio allevamento, invece, per adesso rimane a Riobianco.

– Ci sono questioni piú urgenti a cui pensare, come la salute di tuo padre, – ha commentato in proposito mia madre. – Ma quando lui si sarà ripreso, puoi starne certo, quanto è vero iddio... – eccetera eccetera.

Mio padre si è limitato a minacciarmi dal suo letto d'ospedale: «Appena mi rimetto in piedi ti denuncio ai finanzieri!» mi ha detto, mentre mangiava robiola e purè di patate. Confesso, però, che non sono sicuro ne sarebbe capace, d'altronde sono pur sempre suo figlio.

Piccola nota a margine: la guardia di finanza appartiene alla specie peggiore di guardie che esista in Italia. Io e i ragazzi abbiamo da sempre questo passatempo di dividere le forze dell'ordine in categorie, e ogni volta ci divertiamo a inventarne di nuove, quando scopriamo un sottoreparto o una divisione di cui non eravamo a conoscenza. «Gli innocui» sono i vigili del fuoco (che non sono neanche propriamente guardie, non avendo la pistola e non essendo per niente violenti) e la forestale (mi sa che adesso non esiste piú). Poi ci sono i «cazzi piccoli»: municipale, vigili urbani, polizia stradale, gente che nella vita voleva fare l'investigatore o l'agente segreto e che è finita a mangiare panini con la porchetta nel traffico (sono pure quelli che ti fanno le multe se parcheggi alla fermata dell'autobus o sulle strisce blu senza pagare il biglietto – il piú delle volte si tratta di soste molto brevi che potrebbero benissimo ignorare). I «mezzi infami», che se ti beccano a fare qualcosa di sbagliato ti si bevono, fanno la voce grossa, ti tengono un po' in caserma, ma, alla fine, dopo una bella strigliata, ti lasciano andare. A questa categoria appartiene la polizia: le luci blu, il novanta per cento delle volte, sono un cane che abbaia ma non morde. Gli «infami veri», invece, abbaiano e mordono e se ti beccano ti fanno un culo come un secchio, quindi meglio girargli alla larga. Appartengono al gruppo carabinieri, finanza ed esercito (quest'ultimo è il piú temibile, ovviamente). È gente che nella vita ha subito diversi traumi e ora cerca il proprio riscatto sul pesce piú piccolo, sullo spaccino di San Lorenzo, sul venditore ambulante che c'ha la bancarella fuori dallo stadio, sul liceale che occupa la scuola.

Chiusa questa doverosa parentesi, rifletto che, con i soldi messi da parte, io e Jacopino potremmo affittare quel box che Fabrizio mi aveva incaricato di vendere quando ero all'agenzia, e cogliere cosí l'occasione per spostare il business a Roma una volta per tutte, che non sarebbe affatto male. Di una cosa sono certo: i conigli sono il mio presente e il mio futuro. Non ho mai creduto in me stesso, ma ora ho un motivo per farlo. Sebbene il piccolo infortunio capitato a mio padre abbia scombinato le carte, le vendite continuano a registrare un incremento costante e attualmente siamo tra i top seller del centro Italia (forse anche perché siamo gli unici a venderli, i conigli d'angora, ma in fondo mi chiedo: il successo non sta proprio nella lungimiranza di compiere imprese che nessuno aveva avuto il coraggio di affrontare prima?) Da una parte sono sollevato che i miei l'abbiano scoperto, ora non dovrò piú nascondermi: un po' mi pesava il dover fingere di essere chi non sono pur di compiacerli. Per loro non è stato difficile trovare un impiego. Era un'altra epoca. Noi oggi dobbiamo inventarci l'impensabile se vogliamo realizzarci. E poi non sono mica un ladro, ho un lavoro piú che dignitoso, frutto della mia, e solo mia, capacità imprenditoriale. Mi è persino capitato di incontrare qualche ex compagno di scuola (nove volte su dieci si trattava o di un ingegnere o di un laureato alla Bocconi) che mi ha chiesto se fosse vero, che fossimo io e Jacopino a capo della Pandora Bunnies e che avessimo riscosso tutto questo successo (quarantaseimila follower su Instagram non sono mica spicci!) Oggi posso finalmente guardare i miei conoscenti negli occhi, con fierezza, e rispondere che sí, è tutta opera nostra, e che se avessero bisogno di un lavoretto part time possono mandarci un curriculum: «da noi c'è sempre bisogno d'aiuto!»

L'amicizia

Per una donna morirei, per un fratello ammazzerei

Cammino per casa in punta di piedi, lungo tutto il corridoio. Arrivo in camera, entro, chiudo la porta alle mie spalle. Mi butto sul letto col telefono in mano e apro su YouTube una compilation di brani della Curva Nord. Pensare allo stadio, alle domeniche a Ponte Milvio, mi rilassa. Immagino di essere in fila ai tornelli, circondato da sciarpe biancoblu, cantando un coro contro gli ebrei. Il prepartita è uno dei momenti piú belli nella vita di un tifoso: libero da ogni dovere, le mani che stringono una birra dopo l'altra. Conservo confezioni vuote di Borghetti da quando ne ho memoria, sulle mensole assieme alla collezione di Clipper. Ne avrò accumulate piú di cinquecento: ricordi indelebili di giornate meravigliose. Cerco di cullarmi in quei ricordi, nell'aria che ti pizzica il naso quando esci presto la domenica mattina perché c'è l'anticipo delle dodici e trenta. È dicembre, sei sul 69, direzione piazzale Clodio. Alla tua fermata sono saliti altri tifosi, gente che abita nel quartiere, qualcuno ha fatto le elementari con te, qualcun altro l'hai visto in sala d'attesa dal medico.

In fondo, la passione per la Lazio potrebbe ricucire tutto. Tra me e papà, intendo. Magari gli prendo il biglietto per Madrid (quest'anno ci sono i gironi di Champions, non capita spesso). Come ai vecchi tempi: ci ritroviamo io e lui, seduti sugli spalti, uno accanto all'altro, mangiamo il panino con la frittata di mamma incartato nella stagnola.

Quando ero piccolo mi spiegava le tattiche di gioco, puntava il dito su un giocatore e io dovevo concentrarmi, avvicinarmi strizzando gli occhi per guardare nella direzione che diceva lui. Piú vicino, sempre piú vicino, «quello lí, quello con gli scarpini arancioni, vedi? No, non è Ledesma! Ma ce vedi? Guarda, adesso crossa». Certi ricordi mi fanno venire il magone. Avrei voluto renderlo fiero di me. Magari, se fossi diventato un calciatore…

Ora che sono cresciuto, invece, mi è impossibile sentirlo accanto come in quei momenti. Mai una parola d'incoraggiamento, una carezza, se ne sta lí con la sua aria contratta a stendere un velo di gelo e silenzio tra noi. L'incazzatura per i conigli gli passerà, ne sono sicuro, e allora gli dirò che voglio vedere una partita con lui, una qualunque, e fare finta che il tempo sia rimasto immobile, ai giorni del dito puntato.

I pensieri si rincorrono nella mia testa mentre scrollo lo schermo del cellulare. Ogni video che trovo su TikTok genera nuovi ricordi. Tra le tante notifiche che compaiono nella parte alta dello schermo (alla maggior parte delle quali non presto la minima attenzione), una di Facebook mi incuriosisce: «Paoletto Ssl ti ha menzionato in un post». Non apro Facebook da anni, ormai: lo usano solo quegli sfigati che continuano a condividere meme o ad aggiornare il mondo sulla loro inutile carriera al conservatorio.

Clicco sulla notifica e compare una schermata con un album dal titolo «Mykonos 2015 Dr(inking)eam team». Il commento di Paolo è: «Te ricordi, frate'?» Sono commosso: come potrei dimenticare? Sono passati quasi dieci anni dalla vacanza piú bella della mia vita, eppure mi sembra ieri che siamo saliti sul traghetto per le isole della Grecia, diretti in quel paradiso di acque cristalline e spiagge dorate che si chiama Mykonos. Mi dispiace di non aver partecipato al viaggio quest'anno, ma i conigli non si allevano da soli e non avevo alcuna intenzione di correre il rischio di rivedere Bianca in costume, raggiante e intenta a raccontare della sua nuova vita con un altro uomo. Continuo a scorrere le foto dell'album: siamo davvero cambiati, alcuni di noi sono quasi irriconoscibili. C'è Paoletto con il moicano in testa; Jacopino con gli occhiali da sole Carrera; Martina con la tuta del West Ham e le treccine lunghissime; Bianca sul rottame a due ruote da cui, di lí a poco, sarebbe caduta slogandosi un polso e sbucciandosi un ginocchio. Ripercorro con la mente quei momenti indelebili: se solo mi avessero detto che la vita sarebbe diventata tanto difficile! Tutta quella voglia di crescere per poi scoprire di voler tornare a ciò che si è sempre stati. Il tempo è volato, non so come sia stato possibile arrivare a oggi cosí velocemente. Mi sembra ieri, la nostra serata prima dell'esame di maturità. Ci eravamo ritrovati al muretto vicino a scuola, avevamo portato qualche birra, un prosecco, candele, fuochi d'artificio, tre fumogeni e due torce da stadio. Era stata una vera epopea, il tramonto di un'èra, l'inizio di una nuova vita. Sembrava un rituale di passaggio, una cerimonia, o forse piú una manifestazione con i black bloc. Con quei fumogeni volevamo rendere nota a tutti la nostra determinazione: «Noi ce la faremo, ce ne andremo da qui e saremo liberi, costi quel che costi!» Per questo, dopo aver intonato *Notte prima degli esami*, avevamo proseguito con un paio di cori da stadio, *Avanti ragazzi di Buda*, *Non mollare mai* e altre canzoni del repertorio ultras. Una bellissima serata, finita troppo presto a causa dell'ansia che serpeggiava e che nessuno voleva ammettere gli stesse stringendo lo stomaco. Prendere sonno era stato difficile: cosa ne sarebbe stato di me?

Osservo un quadro accanto al mio letto: siamo io, Jacopino e Paoletto il giorno dei risultati dell'esame di maturità. Abbiamo un sorriso gigante stampato in faccia e stiamo stappando tre sparacoriandoli nel cortile esterno della scuola. Ancora oggi non mi spiego come fu possibile prendere l'insufficienza al tema di italiano, quello sul degrado, che continuo a reputare un capolavoro («Se mi chiedessero qual è la città piú bella di sempre risponderei senza esitare: "Roma!" Dalle chiese ai monumenti, dalle piazze alle fontane, da San Pietro al Colosseo, Roma è una coreografia a cielo aperto. Ma spostandoci un poco piú in là rispetto al Colosseo, troviamo le periferie, il male della città. Quindi, rispondendo alle domande del professor Piano contenute nella traccia propostaci oggi, "Le periferie sono la grande scommessa urbana dei prossimi decenni. Diventeranno o no pezzi di città?", io dico: è fondamentale impegnarsi affinché le periferie scompaiano una volta per tutte, perché è un peccato che una meraviglia come Roma venga rovinata per cosí poco»). Certo, forse avrei potuto andarci piú cauto con le dichiarazioni sui barboni, la sporcizia e la criminalità, ma d'altronde continuo a odiare un certo buonismo di sinistra e sono orgoglioso della mia sincerità.

«Non assegno un punteggio inferiore solo per la sintassi, che nel suo complesso risulta formalmente soddisfacente. Mi riservo il diritto di esprimermi sui contenuti. Quattro e mezzo». Fu il commento della prof d'italiano, la stessa che durante l'anno, a ben pensarci, mi aveva suggerito di mettermi a fare l'operaio: come potevo aspettarmi una valutazione diversa? Nonostante il tema, passai l'esame, e fu grazie ai mille bigliettini ricevuti alla terza prova, ai suggerimenti di Paoletto in matematica e, poi, anche grazie alle foibe, l'argomento che avevo scelto come tema della mia tesina interdisciplinare, che piacque molto alla presidente di commissione (scoprii piú in là che aveva il figlio in CasaPound). Alla fine dell'orale fu lei a chiedermi quali fossero le mie aspirazioni per il futuro. Non dovetti rifletterci neppure un secondo: *diventare ricco*. Quella risposta mi stupisce ogni volta che ci ripenso, perché finora i miei obiettivi non sono cambiati di una virgola. Se solo il me di quella foto avesse saputo ciò che il futuro aveva in serbo per lui... Sono certo che quel ragazzo con la faccia rotonda e le Clarks ai piedi si sarebbe emozionato nello scoprire del successo lavorativo e dei risultati che sono arrivati.

Il tribolato sessantadue che mi fu dato all'esame, però, non mi impedí di festeggiare e di riscattarmi con quella che sarebbe stata la vacanza piú bella della mia vita.

Siamo tutti in giro da ieri sera, meglio fare serata e non dormire per niente che doversi svegliare cosí presto. È l'estate del 2015 e noi siamo in dieci, cinque coppie con un unico scopo: vivere un'esperienza indimenticabile.

Il volo per Atene dura poco, un paio d'ore, forse anche meno. Bianca sull'aereo fa amicizia con un gruppo di irlandesi che hanno trascorso qualche giorno a Roma e che, come noi, sono diretti a Mykonos. Non sono preoccupato, i rosci non mi spaventano. Non vedo l'ora di tuffarmi nella nostra piscina, di giocare a schiacciasette con gli altri: questo sí che è il profumo dell'estate. Atterriamo verso le dieci e dopo un'ora ci imbarchiamo sul traghetto per le isole. Vista la durata del viaggio, Martina e Sandrino propongono di stendere i teli da mare nel corridoio e di accamparci per terra. Devono essere completamente impazziti: mai e poi mai vorrei essere scambiato per un clandestino o, peggio ancora, per uno che chiede l'elemosina sui ponti delle navi. Vago quindi invano per quasi un'ora in cerca di un posto libero, ma alla fine mi arrendo: tutto sommato non si sta poi cosí male a terra, considerato che abbiamo le prese per il telefono a portata di mano e lo spazio necessario per un bel partitone a *Uno*. Dopo un po' mi tolgo persino le scarpe, indosso i miei Ray-Ban rotondi e, con una puntata della *Zanzara* nelle orecchie che mi ero previdentemente scaricato, mi addormento beato.

Quando arriviamo a Mykonos il poliziotto alla frontiera ci chiede i documenti e dove siamo diretti. Diamo il nome della residenza, *Villa Spartacus*, ma il tipo sembra non capire, forse per colpa del nostro inglese. Dice di non averla mai sentita nominare: «*Very very weird, I know everything here*». Ringraziamo con un sorriso di circostanza e ce ne andiamo.

Il gruppo è parecchio vistoso: siamo dieci romani diciannovenni in cerca di alcol. Martina ha un Super Santos sottobraccio da quando abbiamo preso il taxi a Roma. Sandrino indossa Havaianas e costume. Le ragazze hanno ai piedi i sandali della Windsor Smith, modello a ragnetto, portano pantaloncini girofica praticamente inesistenti di Brandy Melville, toppini sbracciati con motivi floreali e cover glitterate per i loro iPhone 5. Sembrano uscite da una fotocopiatrice. Noi ragazzi, invece, siamo piú originali: abbiamo la camicia della Ralph abbottonata fino al collo, perché un vero uomo lo stile non lo deve perdere neanche in vacanza.

– Sto morendo, qua dentro... – Jacopino si lamenta sempre.

– Guarda che queste sono di un cotone buono, è traspirante, – replico.

– Se, vabbe', ammettilo che la camicia è stata un'idea di merda.

– Ma non lo vedi che ci guardano tutte? Facciamo un figurone.

– A te t'ha guardato solo l'ufficiale dei passaporti.

– Forse perché m'ha guardato come me guarda tu madre...

Ci strattoniamo ridendo: assurdo come le battute sulle madri siano sempre in grado di ristabilire il buon umore. Peccato che ormai stiamo girando in tondo da trenta minuti e non riusciamo ancora a trovare il pullmino che dovrebbe accompagnarci alla villa. Il numero dell'agenzia sembra staccato, c'è la segreteria telefonica che ripete in greco un messaggio.

– Rega', proviamo a piedi, non è lontano –. Paoletto, con la sua proposta, si becca gli insulti del gruppo, ma alla fine non abbiamo alternative e ci incamminiamo verso l'indirizzo di *Villa Spartacus*.

Appena iniziamo a camminare Mirketto attacca con una delle sue migliori teorie, una sulla Grecia, un'interpretazione della crisi del 2009 che collegherebbe la storia greca contemporanea all'Urss, a Putin e alla caduta del muro di Berlino, nonché ai servizi segreti della Germania dell'Ovest. Non so come faccia Chiara a sopportarlo da quattro anni, tutti i giorni, festività incluse. Mirketto è simpatico, ma bisogna prenderlo a piccole dosi. Chiara è di Prati, abita in un attico d'epoca con i soffitti affrescati perché suo nonno è un multimilionario che ha fatto i soldi con una ditta di condizionatori. A volte la accompagnano a scuola in Ferrari. È una tipa molto dolce che purtroppo, però, non ci sta tanto con la testa. Sono venuto a conoscenza del fatto che, l'anno scorso, ha avuto una roba che si chiama tipo nevrastenia di qualcosa (l'ha raccontato la madre di Bianca a mia madre, quindi lei non sa che lo so) e, in tutta onestà, penso che le cause del disturbo potrebbero essere in parte attribuibili alla vicinanza con Mirketto.

– Mirko, puoi controllare nella mia valigia se ho preso il phon?

Le stranezze di Chiara si manifestano soprattutto in verifiche e controlli continui. Quasi sempre si tratta di oggetti assolutamente inutili. Lo fa anche a scuola, quando chiede ai professori dove siano gli occhiali da sole, ai bidelli di aiutarla a cercare il portafogli, a me se per caso non abbia trovato in bagno le sue gocce di Tavor.

– Adesso?

– Senza phon non mi muovo.

– Ma certo che l'hai preso, il phon, sei proprio matta.

Mirketto perde facilmente la pazienza e questo dice molto di lui: è uno che non si preoccupa mai di annoiare gli altri ma che si scoccia subito quando viene disturbato.

– Amo', vieni qua, fumiamoci una sigaretta.

Chiara viene spesso ascoltata e confortata da Martina, che è l'unica che sa come smuoverla dalle sue fisse e l'unica che riesce a distrarla.

– E il phon?

– Dopo lo cerchiamo, il phon. Fumiamo questa e poi quando arriviamo apriamo la valigia.

Si vede proprio che Martina è della Lazio: una ragazza sempre gentile con tutti, molto matura per la sua età.

Passo dopo passo ci avviciniamo all'indirizzo. Chiara e la ragazza di Paoletto controllano la strada seguendo le informazioni ricevute via e-mail.

– Sei sicura che non dovevamo svoltare di là?

– Sono sicura.

– Secondo me dobbiamo attraversare.

– Chiaretta, tranquillizzati.

Breve silenzio.

– E adesso? Vedi che sul navigatore c'è un incrocio.

– Lo vedo.

– Perché continuiamo ad andare dritto?

– Dobbiamo proseguire di qua.

Le due ragazze si fermano mute davanti a un cancello. Le fissiamo in attesa di spiegazioni.

Chiara ci guarda con aria confusa. – Le indicazioni dicono qui.

– Dammi il telefono –. Bianca, con fare risoluto, le strappa di mano il cellulare. – Sicuro hai messo la strada sbagliata. Se c'è una cosa in cui sei scarsa è fare da navigatore!

Mirketto non si fa sfuggire la buona occasione per sfottere la fidanzata. – C'ho la ragazza down, rega'! – urla, ridendo, seguito da tutti noi.

Dopo qualche minuto di schiamazzi, però, arriva il gelo.

– Non capisco –. L'espressione sul volto di Bianca è cambiata. Osserva la mappa sullo schermo. Paoletto l'aiuta, ma nulla. Tentiamo ancora una volta di chiamare il numero dell'agenzia, ma è staccato.

È evidente che non siamo all'indirizzo delle foto. Non c'è nulla che potrebbe neanche lontanamente ricordare l'ingresso di una villa. Siamo in una zona che pare abbandonata: intorno a noi solo palazzi bassi con l'intonaco scrostato o senza rivestimento.

Mi rendo conto che il momento è arrivato. Basta false speranze. Tocca guardare in faccia la realtà. Sarà mio compito dare la notizia.

Prendo fiato, mi giro verso il gruppo. Sono tutti seduti sul marciapiede, e io, in piedi, mi sento un condottiero di fronte ai suoi soldati.

– Rega'... – Mi fissano, alcuni fiduciosi, altri sfiancati, quasi tutti con la sigaretta in bocca. – Ci hanno inculato.

Lo dico con tono lapidario, che si addice a un vero comandante e, dopo le mie parole, scatta una rivolta il cui bersaglio principale è Sofia: è stata lei ad assicurarci che avremmo avuto una villa da urlo, a effettuare il pagamento in favore di Spartacus Srl, a ignorare ben otto mail di

Google che l'avvisava di un tentativo di phishing (me ne accorgo dopo un giro sulla sua casella Gmail). La storia è pane per i denti di Mirketto, che non si capacita di come sia possibile «farsi ancora truffare online nel 2015, è davvero una cosa che capita solo ai ritardati mentali». Tutti i maschi si scagliano contro Sofia, e anch'io fatico a trattenermi: – Se vede proprio che sei bionda. Sei daa Roma e ancora parli? Mo ce ridai tutti i soldi!

Ripensandoci oggi, continuo a non essere dispiaciuto per Sofia: quelle come lei non sono tagliate per assumersi grandi responsabilità. Avrebbe dovuto riconoscere i suoi limiti e fare un passo indietro. Da quel giorno non le abbiamo piú affidato l'organizzazione di un singolo evento, nemmeno un aperitivo intimo infrasettimanale. Tuttavia, quell'errore aprí le porte a una delle esperienze piú belle di tutta la mia vita. La litigata per *Villa Spartacus* e la ricerca di una sistemazione di ripiego, infatti, crearono talmente tante frizioni nel gruppo che trascorremmo la nostra prima serata a Mykonos separati, i maschi con i maschi e le femmine con le femmine.

Fu una notte magnifica, magica, come non ce ne sarebbero piú state nei giorni (e negli anni) a venire.

– Ciao Bia', se beccamos.

Saluto la mia fidanzata mentre lei si sta ancora piastrando i capelli sul letto della nostra stanza. Usciamo prima delle femmine, sbattendo forte, per darci un tono, la porta d'ingresso dell'alberghetto in cui siamo finiti. Il clima di tensione si è trasformato in euforia: siamo carichi a pallettoni. Bianca, con la piastra rovente in mano, mi ha ripetuto che sentiranno gli irlandesi, che andranno a ballare fino a tardi e che ci pentiremo amaramente di averle trattate in quel modo irrispettoso. Fa la voce grossa, ma è innocua e io non mi farò ricattare.

Noi maschi andiamo a cena da *Interni*, uno dei posti piú in voga dell'isola. Solo per riservare il tavolo ci hanno chiesto un acconto di trecento euro. Non eravamo troppo tranquilli, dopo l'inculata di *Villa Spartacus*, ma avevamo poca scelta, o cosí o niente. La prenotazione è alle ventitre, ma ci fanno accomodare intorno a mezzanotte e mezza. Ci sta, il ristorante è un posto bellissimo, molto elegante, costruito all'interno delle tipiche case bianche greche. Peccato per la quantità di gente che in attesa di un tavolo ha ballato per tutta la cena intorno a noi, rendendoci a tratti impossibile sporgere il gomito per inforchettare il cibo. La musica è un mix delle migliori canzoni della nostra epoca, dagli Abba ai Queen, fino a Madonna ed Enrique Iglesias. Verso l'una un gruppo di camerieri in camicia bianca e cappello di paglia inizia a muovere in sincrono delle fiaccole infuocate, nulla di cosí sbalorditivo, ma siamo ormai troppo ubriachi e quello che vediamo ci sembra uno spettacolo degno degli applausi piú fragorosi. Quando parte *Vivir mi vida*, la nostra canzone, quella che quest'anno ci siamo dedicati tante di quelle volte alle partite di calcetto, ci alziamo tutti e cinque in piedi e sventoliamo i fazzoletti facendoli ruotare sopra la testa. Siamo le star della serata, l'anima della festa. Insieme siamo imbattibili, un gruppo in grado di compiere le imprese piú difficili. Tra le luci del ristorante, le urla della gente e l'alcol che schizza di qua e di là, abbraccio forte Jacopino, non vorrei stesse pensando ancora a Sofia e alla litigata per la villa. Non lo vedo male, in realtà, mi sembra abbastanza euforico mentre sale in piedi sulla sedia e si leva la camicia. Lo incito: *se se se se se*. Gli altri mi seguono, battendo i piedi per terra. Paoletto ha ordinato una boccia di champagne: ci sta proprio bene a fine pasto. Il cameriere si avvicina per portarcela e io temo che ci possa sgridare per il casino che stiamo facendo. Ma qui sembra che a nessuno freghi niente di niente. Mi pare di stare al paese dei balocchi, un posto dove non ci si preoccupa del domani, dei soldi, della vita vera. Il ristorante è in una dimensione fuori dal tempo e dallo spazio e qui si può restare bambini. Jacopino balla al ritmo di un remix di *Freed from Desire*, anche se la canzone è davvero poco riconoscibile. Stringe la boccia in mano e la sventola tipo trofeo.

– Questa la dedico ai campioni della Coppa Golden 2014, eccoli qua, guardate che belli.

Paoletto applaude come un pazzo, lui che ha segnato di testa il gol decisivo, il nostro bomber. Jacopino sta chiedendo a Mirketto di passargli un coltello, vuole sciabolare. La storia si ripete, sempre uguale: non c'è una serata in cui Jacopino non tenti l'impresa della sciabolata. E non c'è serata in cui non abbia miseramente fallito. Secondo me impugna male il coltello, troppo vicino al collo della bottiglia e troppo lontano dal tappo. Intorno a noi stanno riprendendo tutti la scena coi telefoni. *E uno, e due, e tre.* Jacopino dà una botta secca alla bottiglia e la rompe all'istante, facendo cascare sul tavolo il collo del Moët. Sandrino, che finora se n'è stato a parlare con un boro napoletano del tavolo accanto autodichiaratosi campione internazionale di *Yu-Gi-Oh*, corre a bocca aperta posizionandosi sotto alla bottiglia. Beve lo champagne che sgorga a fontanella dai cocci rotti e dopo Sandrino, a turno, beviamo tutti, sbrodolandoci la faccia, i capelli, le camicie. Stasera, in questo locale, con i miei amici, io mi sento eterno.

Durante il nostro show il cameriere, che ha fretta di liberare il tavolo per la gente in attesa, ci porta due conti. Uno per la cena e uno per l'alcol, che abbiamo ordinato senza sosta come se non ci fosse un domani. Faccio un rapido preventivo dei costi dell'intera serata, che è ancora lunga e piena di imprevisti: seicento euro a testa, qui lo dico e qui lo sottoscrivo.

Mi sbagliavo, la serata mi sarebbe costata molto di piú. Tralasciavo l'ingresso in discoteca, gli shot di sambuca, il taxi fino all'hotel, e la cosa piú dispendiosa di tutte: il tatuaggio.

Completamente sbronzi ci trasciniamo verso la discoteca, che è sulla costa opposta dell'isola, raggiungibile in poco piú di quindici minuti di taxi. La fila per entrare è parecchio lunga e noi ormai siamo cani sciolti: intoniamo cori da stadio, strattoniamo gli sconosciuti come fossero compagni di bevute. A un certo punto ci si avvicinano delle spagnole niente male. Sono in tre e dicono che dentro ci sono altre amiche che le aspettano. Una carovana di fregna, in poche parole. Mi sembrano bellissime, anche se guardandole meglio hanno i loro difetti: denti gialli, capelli spettinati, quell'olezzo tipico delle spagnole. Ma sono difetti tralasciabili, importano poco e niente: «basta che respirano», è il nostro motto. Ci chiedono una sigaretta, e probabilmente è solo un modo per attaccare bottone. Ci fiondiamo subito in una conversazione degna di Pablo Escobar: *no tengo novia; estudio economía; quiero bailar contigo.* Spinti dal mood Mykonos, le riempiamo di cazzate sicuramente molto piú interessanti della nostra vita vera. Riusciamo a entrare verso le tre, a quell'ora ci siamo ormai dichiarati *imprenditori digitali, famosi in Italia e sul mercato europeo*. Paoletto è lanciatissimo, una vera macchina da guerra. Mirketto è riuscito a incastrare una povera vittima su una conversazione fantascientifica e Jacopino sta già limonando duro con uno scorfano che ho fotografato per poterlo perculare domani. Cantiamo a squarciagola, saltiamo in cerchio, ci spingiamo in mezzo alla pista. Il dee-jay ci saluta, ci dedica anche una canzone, *al gruppo piú scatenato della pista* (lo dice in italiano, qui è come se stessimo a Foggia). Suona *Titanium*, da brividi. Tutti accendono le torce dei cellulari e si stringono. Ci abbracciamo anche noi, quelli di sempre, il gruppo, il manipolo, noi che non vogliamo diventare adulti, che non vogliamo che nulla cambi, che vorremmo stare ancora al liceo, a farci rimproverare dalla prof di matematica, quelli del Fantacalcio, del calcetto, della Coppa Golden, dell'aula sei all'autogestione. Solo questo momento vale tutti i soldi della serata, anche quelli persi della villa.

Il ricordo di quella notte è ancora indelebile sul mio braccio destro. Guardo le linee nere, ormai quasi verdi, e mi viene da piangere notando che il tempo ha sbiadito il disegno, l'ha consumato, usurato. Credevamo di essere eterni, volevamo restare liceali per tutta la vita. Non è stato possibile. Ho ventotto anni, me ne sento addosso appena diciotto. Sarei pronto a ricominciare tutto daccapo, le cose brutte, le note e le interrogazioni, se servisse a riavere la mia adolescenza anagrafica, sí, anagrafica, perché per quanto mi riguarda non sono ancora un adulto. Il mio Kraken in bianco e nero sul braccio destro è cresciuto mentre io rimanevo piccolo, ha visto Bianca nuda, ha fatto l'università, si è laureato, ha deluso con me i miei genitori e adesso è diverso, è invecchiato. Io, invece, sono rimasto quello di sempre. Chissà se il leone sul petto di Paoletto, la tigre sulla coscia di Mirketto, il lupo sulla schiena di Sandrino, lo squalo sullo stinco di Jacopino sono invecchiati anche loro.

Identità

Maschio Etero Basic

Il freddo è arrivato senza preavviso. Tiro fuori il mio Woolrich blu con la pelliccia sul cappuccio, i guanti neri di pelle, le Autry marroni e bianche, che indosso con calzini a quadri Gallo, e mi preparo per uscire. Oggi devo consegnare due conigli a una coppia della Balduina, poi ho un book fotografico con Cash e Mercedes in uno studio pubblicitario del centro.

L'allevamento adesso è nel box di Fabrizio al Nuovo Salario, in attesa di una sistemazione migliore. Stiamo cercando di capire come metterci in regola, anche se, abbiamo scoperto, non è cosí facile quando si tratta di animali. Se solo vedessero quanto teniamo a queste bestie sono certo che ci concederebbero qualsiasi licenza.

I miei hanno ripreso a parlarmi, ma solo per brevi scambi d'informazioni, tipo: hai fame?, esco, non ci sono a cena.

– Mamma ho dei giri da fare, ci vediamo stasera.

– Okay, io non ci sono a cena.

La porta si apre, la porta si chiude.

Aspetto almeno dieci minuti sotto casa, poi finalmente intravedo la macchina di Sonia, la mamma di Jacopino, sbucare dall'incrocio.

– Mi stavo ibernando.

– Scusa, mamma ci ha messo due ore a ricordarsi dove aveva parcheggiato.

– Hai portato i conigli?

– Sí, stanno sul sedile di dietro.

Mi giro, la gabbietta è coperta da un panno. Il garage è vicino a casa di Jacopino, è lui che passa di lí la mattina. Io vado il pomeriggio.

– Ho messo la coperta di pile sopra, si gela.

La sollevo, ci sono due piccolissimi batuffoli bianchi rannicchiati e con gli occhi chiusi. È cosí che risparmiano le energie quando fa freddo. Ormai so un sacco di cose sui conigli. Non posso ancora definirmi un esperto, ma sono sulla buona strada.

Sfrecciamo sulla tangenziale, imbocchiamo via Trionfale. Arriviamo alla Balduina in quindici minuti. La domenica è un piacere spostarsi per Roma: non c'è traffico, nessun motorino impazzito a tagliarti la strada, niente autobus carichi di studenti. Parcheggiamo la macchina in via de Carolis e aspettiamo nel bar dove ci siamo dati appuntamento con gli acquirenti.

La coppia a cui consegniamo Rolex e Tissot arriva con mezz'ora di ritardo e un sorriso a trentadue denti stampato in faccia che vorrei tantissimo sfigurare. Sono poco piú grandi di noi, stanno per avere un figlio e ne vanno parecchio orgogliosi. Vorrebbero avere degli animali da compagnia con cui far crescere il bambino. Povera creatura, penso.

– Avete assolutamente ragione, – dico. Li invito a stringere i coniglietti tra i cappotti e immortalo la loro gioia con qualche scatto. Materiale perfetto per la pagina Instagram, che sta crescendo a vista d'occhio (siamo quasi a cinquantamila follower ormai).

Mi fa strano pensare a quanto possano essere distanti dalla mia le vite di certi miei coetanei. Io e Jacopino sembriamo dieci anni piú giovani, con le nostre caviglie scoperte e il portachiavi di *Dragon Ball.* Diamo loro le informazioni generali e li salutiamo, intascando duemilaseicento euro in contanti.

Oggi mi sento stranamente tranquillo. Dopo il coccolone che ho fatto prendere a mio padre non ho piú fatto cazzate, ho rigato dritto, sono uscito solo nei week-end e mi sono buttato anima e corpo nell'attività di allevatore, dimostrando ai miei genitori che quando mi impegno in qualcosa mi impegno sul serio. Non sono comunque convinti della mia scelta, ma ora quantomeno mi lasciano vivere in pace senza ammorbarmi ogni giorno con inutili lamentele. È il massimo che posso ottenere da loro, quindi me lo faccio andare bene.

Nonostante il freddo è una giornata soleggiata, perciò io e Jacopino decidiamo di fare due passi sul lungotevere, all'altezza di Ponte Milvio. Alle diciotto gioca la Roma, all'Olimpico, e sarà meglio allontanarsi da questa zona per evitare anche solo l'ombra di un romanista.

– L'hai messa la formazione del Fantacalcio? – mi chiede il mio amico, mentre percorriamo lentamente la ciclabile che costeggia il fiume.

– Certo, venerdí. Sennò Paoletto chi lo sente, poi.

– Chi hai in porta?

– Rui Patrício.

– Mi dispiace.

La passeggiata è bellissima, il sole è alto e inizia a scaldarci mentre ci muoviamo. Incrociamo alcune bancarelle d'antiquariato, vediamo scorrere veloci sull'acqua i canottieri che si allenano. Ci sono tante persone, chi fa jogging, chi va in bici, chi cammina con bambini piccoli per mano.

– La Roma c'ha l'Udinese in casa. Per me almeno un gol lo pija.

– Io c'ho quella pippa de Terracciano.

– Mortacci sua.

Ed è proprio mentre siamo immersi in questa piacevole atmosfera che scorgo una figura in lontananza che mi pare di riconoscere. È un attimo, il cuore sobbalza e mi avverte prima che i miei occhi possano mettere a fuoco.

Bianca!

Stringo d'istinto il braccio di Jacopino. – Cazzo, – fa lui.

Cammina lentamente, sembra tranquilla come non l'ho mai vista. È ancora distante, eppure la riconoscerei tra mille persone: la coda alta, tiratissima, quella di quando non ha voglia di perdere tempo a sistemarsi i capelli; la bellissima Chanel di trapunta nera, regalo del padre per i diciott'anni, il cappotto rosso lunghissimo stretto in vita da una cintura di stoffa. Sono mesi che non ho sue notizie, non un messaggio, una telefonata, solo qualche informazione racimolata qua e là: è felice, ha un nuovo lavoro, è in vacanza a Favignana con il fidanzato.

Il fidanzato.

Di colpo realizzo che non è sola. Lo sgomento iniziale, infatti, non mi aveva permesso di notare altri che lei. Ora al suo fianco scorgo una figura che la tiene per mano. I due si avvicinano sempre di piú. Quando ci separano ormai solo pochi metri, Bianca finalmente si accorge di noi, ma a questo punto non credo di essere piú una bella visione: ho la bocca talmente spalancata che l'aria mi sta gelando la lingua. Di lato mi cala persino un po' di bava, che asciugo con il guanto. Lo spettacolo che mi ritrovo a fissare è fuori da ogni logica umana e divina. È l'inferno. Accanto a Bianca, ormai a un palmo dal mio naso, c'è un vecchio coi capelli brizzolati e le rughe su tutto il viso.

– Ciao, come state?

Percepisco la voce di Bianca lontana, credo di essere in stato di shock.

– Bene, – risponde Jacopino disinvolto. Io non riesco a muovere le labbra. – Facciamo due passi prima di tornare a casa.

– Lui è Claudio, comunque.

Il nonno ci porge la mano. Ci metto dieci secondi ad alzare l'avambraccio per allungargli la mia.

– Claudio, piacere!

Ha una stretta forte. Voglio sperare che si tratti di un malinteso, che sia un parente che non conosco, che ci sia una spiegazione, ma la situazione mi sembra inequivocabile. Sto vecchio maniaco! Gli manca solo il bastone ed è pronto per l'ospizio. Quanti anni avrà? Settanta? Ottanta? Indecifrabile, i vecchi sono tutti uguali. Bianca mi fissa preoccupata, forse pensa che possa dire qualcosa.

– Voi che fate? – Jacopino, che di solito è campione di figure di merda, sta cercando di rendere l'incontro il meno imbarazzante possibile, ma mi pare difficile, dato che ho appena scoperto che la mia ex ragazza, quella con cui ho condiviso il liceo, l'università e tutti i momenti piú belli della mia vita, quella che mi rompeva le palle fino a frantumarmele se non mi facevo il ciuffo alla moda o se non mettevo la crema idratante sul viso, quella ragazza, Bianca, si è fidanzata con uno che assomiglia a Terence Hill nell'ultimo *Don Matteo*: un vecchio decrepito, uno schifoso piú vicino alla tomba che alla vita. Sono profondamente scosso.

– Noi andiamo a fare la spesa, oggi vengono i miei a pranzo.

Comincio a tossire. Non riesco a fermarmi, forse è tosse nervosa.

– Tutto bene?

A parlare è Claudio. Alzo la mano come a dire «bene, bene, ho bisogno di aria», ma vorrei anche aggiungere che non va bene proprio un cazzo e che non riesco a respirare perché ho appena scoperto che la mia ex fidanzata esce con uno che avrà tre volte la sua età. La secchezza alla gola però mi impedisce di sbottare.

– Andiamo a cercare una fontanella, dài, – Jacopino mi tira fuori da questa situazione paradossale. – Ciao Bia', a presto! Ciao, Claudio, piacere!

Il mio amico mi prende per il cappuccio della giacca e mi porta via. Dopo qualche minuto, quando vediamo che i due sono abbastanza lontani, ci fermiamo. Devo riprendermi, non credo di sentirmi bene. La tosse sta passando, ma sento le ginocchia molli. Ho il fiato corto, mi piego con la schiena, cerco di respirare con calma.

– Frate', non ti piegare. Mettiti dritto, siediti a gambe incrociate. Dài, respira. Respiriamo insieme.

– Tu lo sapevi?

– Sapevo che era piú grande.

– Piú grande? E tu me lo chiami piú grande? Tra qualche anno gli serve il deambulatore, a questo. Ma quanti anni ha? Ottanta, almeno...

– Sessanta, massimo.

– Frate', non giocare. Fai il serio –. Sono affannato, come avessi appena concluso la maratona piú lunga di sempre.

– Non l'avevo mai visto di persona.

– Di persona?

– Dal vivo, intendo.

– Quindi sapevi tutto?

– Non potevo dirtelo... Stavi passando un brutto momento, prima il lavoro, poi la storia di tuo padre...

– Non ho parole.
– E poi la vita è la sua, se a lei sta bene cosí…
– Ma sta bene cosí, cosa? Sta bene a fare la badante? Ma sei serio?
– Senti, tu pensa per te. Ora abbiamo i soldi, abbiamo i conigli. Non è una rivincita, questa?
– Gioire dei miei successi non riesce comunque a restituirmi la serenità che ho perso. È impazzita. Bianca è impazzita. E pare che nessuno se ne accorga!
– So che le altre hanno provato a dirle qualcosa, ma lei è presa.
– Presa?
– Si è trasferita, vivono insieme.
– Ma che cazzo dici, Jacopino? Ma siete tutti matti? È piú vecchio dei nostri genitori! L'hai visto bene?
– Lo so, lo so, ma devi andare avanti. Sto cercando di aiutarti, se ti ci metti a pensare non ne esci piú.
– E che devo fare?
– Venerdí non hai la festa di tua sorella?
– Sí.
– Vai, divertiti! Puoi fare quello che vuoi, sei single. Trovati una tipa con cui scopare… Fanculo Bianca.
– Fanculo Bianca.
– Sí.
– 'Sta stronza.
– Esatto.

La visione di Claudio mi tormenta per tutta la giornata. Essere rifiutati è brutto, ma essere rifiutati per un anziano bavoso è molto, molto peggio. Cosa ci sarà in Claudio che le piace tanto? Stento a credere che possa darle la coppia aperta che tanto voleva, manco saprà cos'è, una coppia aperta. Cosa dicono le sue amiche femministe?

Quelle che pensavano fossi «un narcisista manipolatore con manie di protagonismo». Sono ancora della stessa idea, adesso che gli tocca uscire a bere a San Lorenzo con un sessantenne? Tanto femminismo per poi finire a letto con un nonno stempiato. Complimenti, Bianca, complimenti a te e alle tue lezioni impartite da Freeda. Inorridisco al pensiero di lei che scopa con Claudio come scopava con me o, peggio, all'idea di un pompino in macchina post-cinema come quelli che mi dedicava dopo una lite. Avrei potuto darle una vita normale, invece ha disdegnato me, il mio modo di essere, la mia genuinità, e per cosa? Per il primo incartapecorito che si è fatto avanti. Che schifo. Davvero.

Stasera devo andare al compleanno di mia sorella, che ha organizzato una festa per salutare i suoi amici prima della partenza per la Norvegia. La cena è al *Gallo giallo*: dubito che riuscirò a trovare la donna della mia vita, o anche solo una con cui scopare, come auspicava Jacopino. Al *Gallo giallo* uno come me non trova neppure una da farsi per un limone: sono tutte coatte, ciccione, con la pelle unticcia e i camperos bianchi. La nostra tavolata, poi, è una delle peggiori, composta dagli amici di mia sorella, un mix di scout, gay e alternativi con i rasta. Sono qui solo per lei: sta per partire e mi mancherà da morire. Sebbene ogni tanto mi disgusti il suo fare da brava ragazza, mi ha dato spesso dimostrazione di capirmi quando nessuno in famiglia si è mai preoccupato di farlo, come quella volta in cui mi ha difeso a spada tratta davanti a mamma e papà perché ero stato beccato a fumare in bagno durante l'ora di inglese. Siamo diversi, è vero, ma ci rispettiamo. Se Simona sfotte me e i miei amici in sua presenza (il piú delle volte sentendosi legittimata dalla nostra *mascolinità tossica*) io lo vedo che lei ci rimane male. La verità è che leggere di uomini su un manuale femminista è ben diverso dall'averne uno in casa, dal volergli bene e condividere con lui pensieri ed emozioni. Quando ci confrontiamo, nonostante raramente sia d'accordo con quello che dico, cerca di non giudicarmi e di rispondermi sempre a tono: un gesto d'affetto superiore a quello di molti altri, che mi lisciano falsamente il pelo per non contraddirmi e in realtà pensano che sia un mentecatto. Perciò, malgrado qualche azzuffata avvenuta persino in età abbastanza adulta, le voglio bene e la stimo.

In macchina, andando al ristorante, ci abbracciamo forte sotto le luci rosse di un semaforo. È sconvolta dalla storia di Bianca tanto quanto me, non ne sapeva nulla. Non voglio metterle tristezza proprio oggi che è il suo compleanno, però, quindi sfodero un bel sorriso e le consegno il mio regalo. È un ciondolo di Tiffany, molto piú bello di quello che regalai a Bianca per la triennale.

– Ma stai scherzando? – Gli occhi le brillano, sono molto soddisfatto. Stavolta mi sono impegnato.

– Ci voleva, dopotutto stai per partire, no?

– Ma dove l'hai comprato? E quanto l'hai pagato?

– Che t'importa. Un regalo è un regalo.

– Non ho parole. È pazzesco! Dài, aiutami –. E cosí dicendo, tutta emozionata, mi porge il retro del collo per farsi allacciare la catenina. – Sei davvero il migliore. È bellissima, non so che dire…

– Dài, ho capito, basta. E poi è una cazzata, ormai guadagno i miei soldi!

Silvia mi abbraccia forte con un calore che solo lei emana. Poi mi dà una strofinata ai capelli, come quando eravamo piccoli e ci facevamo i dispetti. Solo ora mi accorgo che, nonostante gli anni siano passati, il nostro modo di scherzare e di volerci bene è rimasto esattamente lo stesso.

– Ma sei sicuro che stai bene? – mi chiede.

– Sto lavorando tanto.

– Mamma e papà sono preoccupati. Lo sai che per loro il lavoro vero è tutt'altro, e non credono che si possa vivere allevando conigli per i ricchi… Temono che tu stia spacciando e che i conigli siano solo una copertura.

– Fa ridere.
– Sí, fa ridere.
Il silenzio ci costringe a guardarci negli occhi.
– Belli, vero?
– Cosa?
– I conigli.
– Belli, sí.
– Ne vuoi uno?
– Magari quando torno.
Il ciondolo le sta davvero bene.
– Non ci pensare, magari si pente.
– Dici?
– Ma sí, Bianca è cosí.
– Tanto non mi importa piú.
– Okay.
– Vedrai che stasera ci divertiamo, dopo andiamo a ballare al *Muccassassina*! Se non vieni mi arrabbio!
– Ma è il locale dei gay?
– Non è *dei* gay. Ci vanno tutti, anche un sacco di etero.
– Se mi annoio me ne vado, te lo dico.

Al *Gallo giallo* beviamo caraffe di birra a gogò e, anche se i prezzi sono piú che modici, il conto è parecchio salato. Mi offro di pagare la metà, perché adesso sono un imprenditore e posso permettermelo. Mia sorella accetta di buon grado: quei tirchi di mamma e papà le hanno allungato solo cento euro, per una cena con dieci persone. Dove credevano che cenassimo, con dieci euro a testa, al McDonald's? Simona ha parlato tutto il tempo del nuovo corso di yoga che sta frequentando, un'esperienza meditativa, che ristabilisce gli equilibri interiori. Mamma mia, quante cazzate spara questa. Per fortuna non sarò piú costretto a vederla per un bel po'.

Verso le undici e mezza ci spostiamo al *Muccassassina*, dove non ho mai messo piede, sia perché si trova in un quartiere abbastanza degradato, sia perché si dice che ci vadano solo le persone di un certo tipo (lesbiche, gay eccetera). Ci fanno entrare senza troppe storie, e questo mi stupisce: nei posti che frequento io se sei conciato com'è conciata Simona stasera (gonna lunga fino ai piedi, Birkenstock chiuse davanti, capelli raccolti con una bacchetta) ti rispediscono dritto dritto a casa. Io, invece, anche in questa situazione conservo lo stile di sempre: Salomon ai piedi, golf della Fred Perry, camicia e pantaloni di Armani. Appena entriamo vado subito a ordinare due cocktail, uno per me e uno per mia sorella: è ancora presto e non c'è tanta fila al bar. Un tipo del gruppo si offre di venire con me. L'ho visto solo un'altra volta, penso sia un collega di università di Silvia.

– Piacere, Enrico.

– Come? – Non sento bene, c'è la musica molto alta.

– Enrico!

– Piacere, – rispondo lapidario. Mi assicuro che il messaggio arrivi forte e chiaro: non voglio rotture di coglioni.

– E tu non ce l'hai un nome?

Questo si accolla peggio di Simona. Devo trovare il modo di defilarmi il prima possibile.

– Chiedilo a mia sorella.

– Sei simpatico!

– Di che squadra sei? – mi informo sull'unica cosa che mi potrebbe interessare di questo soggetto.

– Non tifo.

Classico. – Quindi sei della Roma, – lo incalzo.

– Può essere.

Lo sapevo.

Cercando di levarmi Enrico di dosso raggiungo il bancone e ordino tre gin tonic: uno da scolarmi subito, uno per dopo, uno per mia sorella.

– Hai sete, eh?

Madonna, questo. Devo sbrigarmi a tornare dagli altri.

Trovo Silvia che balla con Simona e altre due amiche. Si sono messe sotto a un palco dove adesso si stanno esibendo dei ballerini di salsa. Sono cinque cristoni muscolosi, due cubani (hanno la bandiera dipinta sul petto), due italiani e un americano. Si muovono come in *Magic Mike*, un film che mia sorella mi ha fatto vedere almeno un milione di volte. Intorno a me c'è solo gente strana, uomini truccatissimi con le unghie lunghe e i tacchi alti, tizi con parrucche colorate… Provo a sciogliermi accennando un paio di passi, ma farlo mi risulta davvero difficile: non riesco a non pensare a Bianca. Dove sarà? A letto con Claudio? Forse sono sul divano, stretti a guardare *Via col vento* o uno di quei film che piacciono tanto ai vecchi.

– Non sai proprio ballare!

Rieccolo, 'st'accollo.

– Senti, Ettore…

– Enrico.

– Senti, Enrico, io sono qua solo per fare un piacere a Silvia, okay? Io questi posti non li frequento.

– E perché no?

Parla proprio come la doppiatrice italiana di Jennifer Aniston: ha una voce femminile che gli esce molto macchinosa. Cerca di darsi un tono sventolando la mano e arricciando le labbra, devo dire con scarsissimi risultati.

– Qui la gente si crede superiore solo perché è strana, diversa dagli altri.

– Come, strana? – ride forzatamente. Tutto mi sembra tranne che una persona sincera, questo Enrico. C'è qualcosa in lui che non mi convince affatto.

– Non ho nulla contro le... diversità, però sono contro l'esagerazione, questo sí. E qui mi sembra un posto pieno zeppo di esagerati, ragazzi che non hanno le palle di mostrarsi per quello che sono nella vita di tutti i giorni e che escono di notte conciati come Platinette. Capito che intendo? Non lo concepisco.

– Quindi essere gay sarebbe essere esagerati?

– No, ma si può essere gay in tanti modi.

– Tipo?

– Tipo senza andare in giro come quelli là, li vedi?

– Quelli là si chiamano drag queen, sono artisti, e tra poco si esibiscono sul palco.

– E 'sticazzi?

– Senti... Ma tu sei etero?

– Sí.

Alla mia risposta affermativa lo vedo fare un ghigno che gli dà un'aria di sfida sul volto. Alza un sopracciglio, aggrotta la fronte.

– È un problema? – chiedo.

– Non è un problema se sei etero, ci mancherebbe –. Dà un sorso al suo drink, fa una giravolta (mamma mia è proprio un coglione), poi riattacca: – Solo mi domando: come fai a saperlo?

– Come faccio a sapere di essere etero?

– Sí, come fai?

– Lo so e basta.

– Lo sai perché da piccolo ti hanno detto che era cosí. Ma se avessi potuto seguire il tuo istinto? Te lo sei mai chiesto che cosa saresti stato?

La musica troppo alta non ci permette di parlare normalmente, dobbiamo gridare l'uno nell'orecchio dell'altro. I nostri corpi si sfiorano inevitabilmente. Un po' sono infastidito dalla supponenza con cui questo tipo mi sta vomitando le sue teorie omosessuali a un centimetro dal culo, ma non voglio essere scortese con un amico di mia sorella, né tantomeno voglio esserlo qui, nella casa dei gay, dove ci metterebbero un secondo ad accopparmi.

– Non me lo sono mai chiesto perché sto bene come sto.

– E come stai?

– Be', adesso male perché Bianca mi ha lasciato.

– Visto?

– Cosa?

– Non stai bene come stai, quindi.

Enrico si avvicina sempre di piú. Questa storia non mi piace. Sono confuso, stordito dalla birra, dal gin tonic, da Bianca, da Claudio, da Enrico, che ha deciso di voler indagare sulla mia vita proprio stasera.

– Ti vergogni pure a ballare?

– Io ballo cosí.

– Ma se stai fermo!

Di tanto in tanto mi tocca i capelli, spettinandoli. Io li risistemo con la mano. Siamo poco distanti da Silvia. Con la coda dell'occhio vedo Simona che mi indica furtiva. Sta parlando con Federica, una loro amica abbastanza bona che una volta ha scopato con Jacopino nei bagni del *Mice*. Le due ridacchiano, poi mi indicano di nuovo, invitano mia sorella a guardare, si mormorano qualcosa all'orecchio, alzano in alto i cocktail per un brindisi. Simona, l'anti-social per eccellenza, sta facendo un video per immortalare la serata. Rifletto che alla fine siamo tutti uguali, e che anche la piú integerrima nazifemminista ha bisogno di conservare un ricordo sulla memoria del cellulare per essere sicura di averlo vissuto.

Cerco di riavvicinarmi a loro, ma quando ci provo sento tirarmi per la camicia. Enrico mi si sta strusciando addosso, al ritmo di *Bad Romance*. Si improvvisa in un twerk, ma con quel culo rinsecchito che si ritrova gli viene malissimo. Credo di aver bevuto troppo, sento l'alcol che mi pulsa nelle tempie. O forse è solo il caldo di questo locale sudicio.

Il gruppo si riunisce, creiamo un piccolo cerchio al centro della pista. Simona si cimenta subito in un ballo che la rende ancora piú sgraziata di quello che è. Poi Enrico mi trascina in mezzo. Io rimango immobile, quasi paralizzato. Mi fa paura, si muove come fosse stato morso da uno di quegli insetti che ti provocano le convulsioni. Cerco con lo sguardo mia sorella, le chiedo aiuto con il labiale ma lei finge di non capire. Si getta al centro con Federica. Anche loro ballano strusciandosi, una avanti e una dietro, si sbattono il culo sul bacino, una tiene l'altra stretta a sé con le mani, si muovono come fossero escort russe durante uno strip. D'altronde se sei donna tutto è lecito. Puoi ballare come una pornoattrice con la tua amica nel bel mezzo di un locale, pomiciartela, scopartela addirittura, e nessuno ti chiederà spiegazioni. Assurdo. Cerco nella tasca dei pantaloni un pacchetto di sigarette dentro al quale trovo una canna spenta confusa tra le Marlboro. La accendo: fumano tutti all'interno, non mi sembra il tipo di posto dove possano far storie. È forte, lo intuisco dal profumo di erba che mi riempie le narici. Dopo qualche tiro la passo agli altri. La testa mi gira piú veloce. Sento le mani formicolare e la nausea stringermi lo stomaco, ma non devo impanicarmi: è tutto normale, mi ripeto, ti è successo un milione di volte, sei solo fatto. Mi sforzo di ballare per distrarmi. Do un sorso al long island che mi ha portato Silvia. Adesso passa, è solo l'effetto dell'erba, penso ai soliti mantra con cui cerco di calmarmi quando fumo qualcosa di troppo forte.

Accanto a me, però, c'è Enrico che non ha mai smesso di fissarmi da quando ci siamo messi a ballare in cerchio. Chissà cosa direbbe Jacopino se fosse qui adesso. «'Sti froci! So' davvero insistenti! Piú te piace la figa, piú gli piaci a loro». Mentre sorrido pensando agli insulti piú divertenti che il mio amico avrebbe elaborato per l'occasione, sento qualcosa sfiorarmi la mano: una, due, tre volte. Inizialmente penso sia il semplice scontrarsi tra corpi che ballano in un locale affollato. Dopo una quarta tastata, però, guardo verso il basso per capire cosa stia succedendo e mi accorgo che si tratta di Enrico, che continua a volere un contatto fisico con me. Sono accaldato, disorientato, in preda alla piú totale confusione. Di nuovo cerco mia sorella con lo sguardo, ma non la trovo. Si confonde perfettamente fino a scomparire in mezzo alla folla. Un secondo è accanto a me, quello dopo è sparita. Per la prima volta mi accorgo di quanto siamo diversi. Forse per lei sono solo il fratello imbarazzante, quello di cui vergognarsi a cena con le amiche perché fa le battute sulle cameriere.

Il pazzo, Enrico, vorrebbe prendermi per mano e portarmi in disparte, ma faccio di tutto per evitarlo, nonostante rimanere lucidi diventi sempre piú difficile.

Il dee-jay sta suonando *Born This Way*: a malincuore devo ammettere che le playlist dei locali gay sono cento volte meglio di quella merda di musica Downtempo che ti propinano nelle discoteche dove andiamo noialtri. Ubriaco, fatto, ormai sfinito, scrivo un messaggio a mia sorella: «Ti aspetto fuori, sbrigati».

Non ho intenzione di rimettere piede in quel lurido tugurio. Ho vomitato in un vicolo. Una vomitata lunga e consistente che mi ha aiutato a riprendere coscienza.

«Rabbia» è la parola che può maggiormente esprimere il mio stato d'animo. Sono stato importunato, usato, abusato da uno schifoso approfittatore. Dopo circa mezz'ora di attesa in macchina, finalmente vedo il gruppo uscire dal locale. Accendo il motore: voglio che questa serata finisca il prima possibile e che venga per sempre cancellata dalla mia memoria. Si aprono le portiere. Entrano in quattro: Silvia, Simona, Enrico e Federica. Mi comunicano che devo riaccompagnare il verme a Tiburtina, poi Federica a San Lorenzo e infine Simona a Conca D'Oro. Tombola.

– Tutto bene? – chiede mia sorella.

Faccio un cenno con la testa, non voglio parlarle: mi ha abbandonato in un momento di difficoltà, proprio lei che ha sempre quell'aria da altruista del cazzo. Metto in moto e procedo spedito, bruciando qualche semaforo rosso. Sono le quattro.

– Bella serata, eh?

È Simona, che ci tiene a comunicarci quanto si sia divertita «a ballare in un ambiente cosí inclusivo». Inclusivo 'sta minchia, Simona, siete come tutti gli altri, forse anche peggio. Mia sorella ed Enrico cominciano a elencare tutte le canzoni messe dal dee-jay. Federica si è addormentata sul sedile posteriore, la testa poggiata sulla spalla dell'amica. Io resto silenzioso, non ho nulla da dire che non siano insulti.

– Anche tu ti sei divertito, mi sa, no?

È sempre Simona, la femminista lesbica brufolosa che vorrei tanto veder reclusa in un manicomio. Ha un tono ammiccante e provocatorio. Mi auguro che non abbia visto nulla di quanto accaduto con il verme, ma ho come la sensazione che non sia cosí e che a breve dovrò affrontare una scomodissima discussione. Mi sto impegnando a evitare il peggio solo perché in macchina c'è Silvia e se Dio avesse voluto concedermi la grazia di non farle notare l'episodio con Enrico sarebbe davvero un miracolo.

– Divertito è un parolone...

– Ma invece mi sa che questi gay alla fine... non è che ti stanno simpatici?

Alla domanda di Simona li sento ridacchiare all'unisono. Enrico farfuglia cose del tipo: «il piú pulito c'ha la rogna», e «appena sentono Lady Gaga diventano tutti gay».

– Scusa, puoi ripetere? Non ho capito bene –. Metto la freccia a destra, e accosto a una fermata dell'autobus. La città è deserta, ci siamo solo noi cinque dentro una Panda bianca con l'aria calda accesa: fuori fa freddo e i vetri della macchina si stanno appannando.

– Che fai? Dài, andiamo. È tardissimo! – Mia sorella cerca di calmare le acque, ma questo è un toro che devo prendere per le corna.

– Dico solo che in fondo siamo tutti uguali, no? E che non si può mai dire di non essere gay... Bisogna provare.

La spavalderia di Enrico è la cosa che mi fa piú incazzare. Ha un tono saccente ed è tutta la sera che mi parla come se mi dovesse spiegare una formula matematica. Mi giro verso i sedili posteriori per guardarlo dritto negli occhi.

– Come ti permetti di dirmi chi sono?

– Sai perché ti arrabbi tanto? Perché non vuoi accettare la tua fragilità. Sappi che sei tanto gay quanto me.

– Io non sono gay!

– Devi accettarlo! – si intromette Simona. – Enrico ci ha provato con te e ti sei divertito, smettila di negare!

– Io... – Sono cosí tante le cose che vorrei dire che non riesco a formulare una sola frase di senso compiuto. E nei miei silenzi loro trovano l'occasione perfetta per incalzare.

– Voi maschi etero non contate piú un cazzo. Prima lo accettate, meglio è per tutti.

– Che poi non ci sarebbe niente di male! – Simona continua imperterrita la sua accusa.

Una lacrima mi esce da un occhio e mi riga la faccia. Non è emozione, non è tristezza, è collera. Li odio. Odio loro e i loro discorsi cattivi, meschini, senza cuore. Ammettere di essere gay sarebbe l'unico modo per essere accettato da questo mucchio di stronzi. La verità, però, è che a me piace la figa. C'è qualcosa di sbagliato in questo? A quanto pare qui tutti hanno il diritto di difendere la propria identità, di scoprire il proprio gusto sessuale. Tutti tranne me, che dovrei scomparire. Non posso essere convinto di quello che sono perché «non hai mai provato», come se *provare* fosse l'unica cosa a legittimare il mio diritto di essere chi sono. Che poi chi dovrei essere? Questo ancora non mi è chiaro. Non sono gay, ma non posso essere etero. Cosa si aspettano da me? Che me ne stia qui ad accettare la predica di buon grado? Ho ben altro da fare che passare le mie serate a sentirmi dare del troglodita e dell'omofobo. Dovrei «imparare a parlare liberamente delle mie emozioni» (quante volte mi è stata detta questa frase da Bianca, da mia sorella, da Simona, durante le nostre conversazioni?), ma sia mai che io esprima apprezzamenti pubblici su una ragazza. Mi fa male la testa, non ci capisco piú niente. Dovrei rinunciare alla mia *idea di maschio alfa*, ma continuare a pagare colazioni, pranzi, cene e aperitivi. Quello che sono stato fino a oggi, tutto quello che mi è stato insegnato, mi si chiede di distruggerlo, ma a nessuno è chiaro cosa – o chi – dovrei diventare. Non sono indeciso, non voglio scavare, la mia identità è questa, sono maschio, sono etero e sí, sarò anche un po' basic, come dicono loro, ma ho tutto il diritto di calpestare questo pavimento tanto quanto gli altri. Sento Simona ed Enrico parlare in sottofondo, ma non li sto davvero ascoltando. Rimango in silenzio perché dire qualsiasi cosa sarebbe inutile: a nessuno interessa il parere di un maschio etero. Simona sta dicendo che dovremmo essere *tutti uniti nella lotta*, ma come potremmo esserlo se ci guarda come una malattia venerea? Quest'aria spavalda con cui si esprime mi fa vomitare e aumenta in me la rabbia, assieme alla voglia di sentirmi quanto piú diverso possibile da questi esseri benpensanti. La presunzione con cui certe persone credono di aver capito gli altri prima ancora che siano gli altri a potersi scoprire è raccapricciante.

– Scendete immediatamente –. Le mie parole sorprendono Simona ed Enrico nel mezzo di una discussione su come decostruire il maschile in Italia.

– Come?

– Scendete dalla macchina.

Mia sorella ride, crede sia uno scherzo.

– Ci sentite o no? *Do you hear me*? Svegliate quest'altra zoccola e scendete tutti.

– Smettila di fare il pazzo. Portaci a casa!

– Evidentemente i favori del maschio non sono bene accetti. Visto che faccio cosí schifo, arrangiatevi da soli! Mi avete rotto il cazzo!

Simona ed Enrico sono i primi a scendere, probabilmente spaventati dal mio tono di voce. Trascinano fuori anche Federica. Silvia, invece, rimane dentro.

– Anche tu! Fuori!

Ha gli occhi lucidi, ma stavolta non riesco a provare pietà. Mi ha deluso, proprio lei che mi ha sempre difeso e che conosce le parti piú remote di me. Sentiamo Simona fuori dalla macchina urlare cose del tipo: «pezzo di merda», «io ti denuncio», «bastardo schifoso», ma onestamente le sue parole non mi fanno né caldo né freddo.

– Mi dispiace… Sono cosí, ma scherzano!

– Sei solo una codarda.

Riparto in solitaria, con la musica a palla. Ho scaricato tutti sulla Prenestina e la sensazione in questo momento è tra le piú belle mai provate in vita mia. Sfreccio sulla tangenziale a centotrenta, la strada è vuota e in poco piú di dieci minuti arrivo all'uscita della Nomentana. All'incrocio con casa, però, proseguo dritto. Supero il Tufello, poi Val Melaina, Monte Cervialto, fino ad avvistare i primi palazzoni di Serpentara. Strutture altissime, totalmente sconnesse con il resto del paesaggio, mastodontiche. Questi palazzi mi hanno sempre accolto senza chiedere nulla in cambio: non dovevo essere diverso, non dovevo essere speciale. Bastavo io, un maschio, una canna, una birretta e il cortile era lí che mi aspettava a braccia aperte, assieme ai suoi bori che giocavano a palla contro il muro e ai suoi spacciatori sempre al lavoro, mattina e sera. Chissà se qualcuno di loro ha mai sentito parlare di schwa. Apro il finestrino: nonostante il freddo che mi pizzica il viso respiro a pieni polmoni l'aria della notte. Parcheggio davanti al civico 67. Dopo qualche messaggio senza risposta, chiamo il mio migliore amico al telefono.

– Sei impazzito, fra', so' le cinque!

Gli dico di scendere, non posso aspettare domattina. Dopo dieci minuti lo vedo uscire dal portone. Indossa il suo solito bomber nero della North Face, allacciato fino al mento. Anche se ha fatto i soldi con la Pandora Bunnies Jacopino non ha cambiato un'acca del suo stile trasandato. Ha una faccia preoccupata, eppure il modo in cui si muove trasuda un immancabile ottimismo che mai ho visto in altri.

– Ma sei matto? Tutto bene?
– Fra'.
– Eh?
– Andiamo!
– Ma dove?
– Ti porto in un posto.
Jacopino, senza fare altre domande, sale in macchina.
– Prima, però, voglio prendere i conigli.
– I conigli?
– Sí, Cash e Mercedes. Voglio portarli.
– Ma è tardi, fa pure un freddo cane.
– Dài, ti prego.
– Ma poi dove andiamo?
– Fidati di me! Torniamo subito.

Il box affittato tramite Fabrizio Tresca dista cinquecento metri da casa di Jacopino. La finanza ci ha dato la licenza: hanno chiuso un occhio grazie a Salvatore, l'amico di mio padre, che per una volta ha fatto una cosa giusta.

Quando entriamo nel sottoscala e apriamo la saracinesca, all'interno dell'ambiente umido e buio regna una serenità imperturbabile. Gli animali dormono nelle loro gabbie e, ormai abituati al nostro odore, non si scompongono. Mettiamo Cash e Mercedes in un trasportino e torniamo in macchina. Questi animali sono la nostra piú grande fortuna, il nostro presente e il nostro futuro, e ora come non mai voglio averli con me, sentirli vicini. Jacopino collega il telefono all'auto e mette una playlist spaziale, che sentiamo sempre durante i viaggi insieme. Kanye West ci accompagna sulla salita piú ripida di Roma, e noi restiamo in silenzio. Tutto attorno un lieve chiarore avvolge il paesaggio, che sembra quello di una strada di campagna piú che del centro città: una collina alberata si staglia davanti ai nostri occhi mentre la macchina risale l'asfalto. Ancora un paio di curve a gomito e ci siamo. Tra poco sarà l'alba. Il mio amico, dopo l'esitazione iniziale, non mi ha chiesto piú nulla. È salito in macchina accettando di vagare senza una meta, come fanno i veri amici, che ci sono anche quando è impossibile mettere a fuoco i propri pensieri.

Parcheggio. Questo posto lo conosciamo alla perfezione: luogo di brindisi durante il liceo e di fughe d'amore per tutti gli anni successivi. Ci sediamo sulla panchina piú panoramica della città ad ammirare il sole che sorge. I conigli se ne stanno tranquilli nella loro gabbietta sotto una calda coperta, sonnecchiando ancora. Un tripudio di colori illumina Roma, tutte le sfumature del blu, del viola, del rosa, dell'arancione. Guardo a sinistra: penso a mia sorella che cammina da quelle parti, o forse ha preso un taxi ed è già a casa. Guardo a destra: Bianca è lí che dorme accoccolata a un sessantenne coi capelli bianchi. Guardo ancora, cerco le vie, gli incroci, i palazzi che conosco, e dentro a questa città in miniatura che si colora davanti ai miei occhi vedo ciò che sono: Cash e Mercedes, mamma, papà, Jacopino, Mirketto, Paoletto, Sandrino, Martina, lo stadio, gli amici, le bevute, la Lazio, la festa dei dodici anni a Villa Borghese con i cugini, la prima guida col foglio rosa, la foto di classe al Pincio, la collana d'alloro e il discorso della laurea ubriaco in un locale. Mi sento finalmente vivo.

Accanto a me vedo un bel pezzo della mia vita che fuma in silenzio. Anche Jacopino mi guarda. Mi sorride. Tutto d'un fiato gli chiedo: – Ma secondo te potrei essere gay?

La città si estende addormentata di fronte ai nostri occhi. Lui sbotta a ridere. Una risata calda, affettuosa, che mi fa sentire al sicuro.

– Se tu sei gay, io me scopo tu' madre.

Rido anch'io.

Finalmente sono al posto giusto nel momento giusto: tutto si riconcilia. Gli metto il braccio attorno al collo e insieme osserviamo il sole alzarsi sopra le nostre teste.

Siamo piú vivi e piú maschi che mai.

Nota al testo.

La citazione in epigrafe è tratta da G. Deleuze, *L'immagine-tempo*, trad. di L. Rampello, Einaudi, Torino 2017.

I versi citati a p. 62 sono tratti dalla canzone dei Negramaro dal titolo *Estate*, testo e musica di Giuliano Sangiorgi © 2005 Sugarmusic SpA / Casa 69 Edizioni Musicali Srl / Sangiorgi Edizioni Musicali Srl.

Indice

*Questo libro è stampato su carta contenente fibre certificate FSC®
e con fibre provenienti da altre fonti controllate.*

FSC
www.fsc.org
MISTO
Carta da fonti gestite
in maniera responsabile
FSC® C115118

*Stampato su carta HOLMEN con fibra vergine
proveniente da foreste sostenibili
www.holmen.com/paper*

*Stampato per conto della Casa editrice Einaudi
presso ELCOGRAF S.p.A. - Stabilimento di Cles (Tn)
nel mese di aprile 2024*

C.L. 26242

Edizione						Anno			
1	2	3	4	5	6	2024	2025	2026	2027